# 恋の嵐

凪良ゆう

キャラ文庫

この作品はフィクションです。
実在の人物・団体・事件などにはいっさい関係ありません。

目次



初恋の嵐

口絵・本文イラスト／木下けい子

# 恋にはまだ遠く

「やっぱ男はワイルドじゃないとな」

昼休み、蜂谷獅子《はちやレオ》は屋上で弁当を広げながら携帯の画面に向かってつぶやいた。

「その人、ヤマナタカユキだっけ」

幼馴染みの花沢《はなざわ》良太郎《りょうたろう》が、蜂谷の手元をのぞき込んでくる。

「そうそう、ちょっと悪そうなワイルド系」

スマホで視聴している映画の画面を花沢に見せた。黒ジャージに銀縁眼鏡、にこりともせずに債権者から借金を回収していく泣く子も黙る闇金社長。ダークサイドだけどとびきりクールでしぶい。小さな画面に映る俳優に、蜂谷は思わずにやついた。

「レオレオって、ほんっとそういう男が好きよね」

幼いころからお隣同士、お互いおねしょの数まで知っていて、高校生になった今では唯一のゲイ仲間、いわば心の友である花沢がもの言いたげに目を細める。

「なんか言いたいことがありそうだな」

「あるわよ。レオレオって歴代男の好みが一貫してる。小学校のときの林《はやし》くん、高橋《たかはし》くん。中学のときの常盤《ときわ》くん。みんなちょっと悪くて、ワイルドで、恰好《かっこう》よくて、女の子にモテて、本人も女の子が大好きで、ゲイなんて一ミリもお呼びじゃないタイプ」

「…………」

さすが幼馴染み。過去を正しく羅列されて言葉につまった。

「どうせ好きになるなら、もう少し望みのある男にしなさいよ。いっつも女の子に取られてばっかなんてつらいじゃない。せっかくこんな綺麗《きれい》な顔に生まれたのに」

大きな手で頬をぎゅうぎゅう引っ張られた。

「なんだよ。良太郎だって人のこと言えないだろ」

花沢はぎくりと手を離した。

「いっつもひょろくてぼやっとした男ばっか好きになりやがって。小学校のときの浜田《はまだ》はドッジで骨折ってたし、中学んときの小池《こいけ》は髪の毛がいっつもはねてた」

「そこがいいんじゃない。そういうの見るとほっとけないんだもん。あたしがなんとかしてあげなくちゃって母性本能を刺激されるのよ」

「男だから母性本能なんてないだろ」

冷静に突っ込むと、花沢はきっと視線を鋭くさせた。

「レオレオ、それはちがうわ。男のまま男が好きなレオレオと、女になって男に愛されたいあたしとは、同じゲイでも根本的な部分がちがうのよ。あたしは身体が男なだけで、心は女の子なの。母性本能は揺れるおっぱいや、でっぱりのない股間に宿ってるわけじゃないの。そういうのは心に宿ってるの。あたしの心は女だから母性本能だって――」

「わかった。ごめん、良太郎。俺が無神経だった」

母性本能に関してはよくわからないが、今の発言はデリカシーがなかった。とはいえ身も心も女である女子がみんな髪の毛がはねた男を好きになるかというと、それはちがうので、やっぱり花沢は単に男の趣味が悪いのだと思う。言わないけれど——。

そのとき屋上のドアが開き、一年の男子生徒がふたり現れた。花沢はぱっと足を大きく開いた形に座り直し、顔つきもきりりと引き締まったものに変えた。

「花沢先輩、来月の予選のことで顧問が呼んでます」

一年男子が緊張気味に花沢に伝える。

「ああ、わかった。すぐいく」

さっきまでのオネエ言葉はなりをひそめ、男らしい低い声で花沢は応対する。

「飯中にお邪魔してすみません」

「おまえらこそ昼休みに悪かったな。伝言おつかれさん」

さわやかな笑顔を浮かべる花沢に一年男子ふたりは頬を赤らめ、失礼しますと頭を下げて帰っていく。それを見送り、花沢はふたたび足を逆ハの字に閉じた。

「あーん、もうやんなるわ。お昼ご飯くらいゆっくり食べたいのに」

「相変わらず、すげえ早変わりだな」

オネエとイケメンを瞬時に行き来する幼馴染みに素直に感心する。

「身を守るために鍛えられた悲しい技術よ」

「高校陸上の星、花沢良太郎がオネエなんて知れたら大ごとだしな」

花沢はインターハイ入賞の実力を持つ長距離選手で、切れ味の鋭い超絶イケメン。未来の箱《はこ》根《ね》スターとして陸上雑誌や地元テレビでもよく取り上げられる、わが校の大スターである。

「応援してもらえるのは嬉《うれ》しいけど、年々生きづらくなるわ」

「スターも大変だな」

「レオレオがいるから、なんとか耐えられるわ」

「それは俺も同じだ」

「素の自分を見せられる相手がいないのはつらいわよね」

孤独なマイノリティ同士うなずき合い、急いで弁当を食べていく。

「じゃあレオレオ、またね」

「おう、がんばれ」

職員室にいく花沢と別れて教室に戻る。映画の続きでも観るかと携帯を出したとき、

「タカユキ」

と聞こえた声に、思わず振り向いた。現在、蜂谷の憧れを独占中の俳優、ヤマナタカユキと同じ名前だ。去っていく男子ふたりのうち、どちらかが『タカユキ』らしい。

——左だったらいいな。

百七十五の蜂谷よりもやや高い身長。肩幅も背中も広い。後ろ姿はなかなかイケている。これで顔がワイルド系だったらかなりタイプだ。ふたりは三組の教室に入ってしまい、暇なのでちょっとのぞきにいくことにした。

「なあなあ、『タカユキ』ってやついる？」

ちょうど教室に入ろうとしていた女子を引き止めて聞いてみた。

「え、入江《いりえ》くんのことかな？」

女子の目元がぽっと朱色に染まる。今風に整った顔をしている蜂谷はモテる。好意を寄せられるのは嬉しいが、ゲイの蜂谷にとって女子からの好意はエンプティカロリーと同じで身にならない。ぶっちゃけると、やはり男からの好意がほしい。

「どんなやつ？」

「すごく賢いよ。毎回テストで学年トップだし」

ほう、タカユキな上に頭も切れるのか。

「ちょっと待ってて。呼んでくる」

「あ、いや――」

遠くからどんなものか確認したかっただけだ。呼ばれても話すことなどないので困る。

――でも、好みのタイプだったらどうしよう。

困りつつ期待が高まった。手で髪をかき上げてセットし直しながら、女子が近づいていく男子生徒を凝視した。声をかけられ、男子生徒がこちらを見る。

——え、あれ？

ダサい髪型。ダサい眼鏡。学年トップというだけあって真面目が貼りついているような印象だった。後ろから見たときと全然ちがうタカユキにテンションがするする落ちた。

「俺が入江だが。なにか用か」

こちらにやってきた男は無駄に声もよかった。

「あ、いや、なんでもない。ちょっと人まちがいで……」

ごめんなと蜂谷は謝って背を向けた。そうだよな。同じ学年にそんな好みの男がいたら、三年になる今まで知らないはずがないのだ。勝手に期待した自分を恥ずかしく思っていると、後ろから女子とがっかりタカユキの会話が聞こえてきた。

「あれは誰だ」

「知らないの？　蜂谷くんよ。ほら『蘭々《らんらん》』の……」

「ああ、あれが有名なラーメン王子か」

その言葉に、蜂谷は振り返った。

「今、なんて？」

引き返す蜂谷に、がっかりタカユキが腕組みで首をかしげる。

「ラーメン王子って聞こえたんだけど」

「ちがうのか？」

ちがわない。蜂谷の実家は県内にいくつも支店をもつラーメンチェーン『蘭々』を経営している。庶民グルメの代表格である有名ラーメン店の一人息子として、蜂谷は子供のころから学校では知らない者がいない、ちょっとした有名人だった。

それゆえ小学校の一時期、蜂谷はいじめを受けた。

――蜂谷んちラーメン屋だから、ラーメンマンって呼ぼうぜ。

という意味不明ないじめだった。幼稚すぎて学年が上がったらおさまったが、不愉快な記憶はシャツに飛んだ醤油の染みみたいに今もうっすらと胸にこびりついている。

今は女受けする容姿と実家が金持ちなことから女子から王子と呼ばれ、男子からは親しみとからかいを込めてラーメン王子と呼ばれている。今どき王子呼びも恥ずかしいが、さらに冠にラーメンをつけられると醤油の染みが広がるようで嫌な気分になる。

「そう呼ばれるのは嫌だから、やめてほしい」

「王子なのに？」

「王子はともかく、ラーメンつける必要ないだろう」

がっかりタカユキはますます怪訝《けげん》そうな顔をした。

「つけなかったらなんの王子かわからないだろう。ハニカミ王子とかカレーの王子さまとかウィリアム王子とか。分類としておまえはラーメン王子なんだろう」

「別に分類してほしくない。つか今さりげなく本物まじってたぞ」

「そういえば、『蘭々』は最近値上げが続くな」

「はい？」

「物価も上昇してるからしかたないが、せめて値上げを意識させないオマケをつけるとかできないのか。有名チェーンだからといって企業努力を怠っていると足元をすくわれるぞ」

「俺に言うなよ」

「テーブルに置いてある投書箱よりは早いと思って」

言いたいことを言うと、がっかりタカユキは「じゃあ」と踵《きびす》を返した。

淡々と席に戻っていく男をぽかーんと見送っていると、

「あ、あの、蜂谷くん、ごめんね。わたしが余計なこと言ったせいで……」

隣にいた女子に謝られた。

「入江くんってすごく頭いいんだけど、あの、ちょっと変わってるっていうか」

「みたいだな」

用もないのに呼び出したのは悪かったが、ラーメン王子呼びした上に店にまでケチをつけられた。蜂谷の中で、がっかりタカユキはマイナス座標の遥か彼方にマークされた。

夕飯のあと自室でタカユキのＤＶＤを観ていると、ノックと一緒に母親が顔を出した。またケーキでも焼いたのか。ラーメン屋の嫁なのに、母親の趣味はお菓子作りだ。

「レオたん、パパが呼んでるわよ」

蜂谷は顔をしかめた。

「母さん『レオたん』って呼ぶなっていつも言ってるだろ」

「あ、ごめんなさい。ちっちゃいころから癖になってるのよね」

もう百万回くらい繰り返したやり取りだった。

「父さん、なんの用って」

母親は困った顔になった。

「ママは知らないわ。パパから聞いて」

母親は逃げるようにいってしまった。あの様子じゃ説教か。いつもほわほわお花畑な母親とちがい、父親は怒ると怖い。蜂谷は溜息をついて立ち上がった。

リビングに下りると、いつも帰りの遅い父親がソファに座っていた。永《えい》ちゃん風に刈りこんだ短髪に黒シャツ、シルバーチェーンのネックレスを決めた父親と、母親の趣味でナチュラルフレンチにまとめられた二十五畳のリビングがミスマッチを起こしている。

「父さん、おかえり」

「おう、レオ。ちっとここに座れや」

「……はい」

おとなしく向かいに座り、テーブルに先日の定期テストの結果用紙が出ていることに気づいた。父親は眉間に深い皺《しわ》を寄せている。ああ、やばい。

「ケツから数えたほうが早いってどういうことだ」

「……えーっと、そのときはちょっと腹が痛くて」

「男が言い訳すんじゃねえ！」

だったら聞くなよと内心で突っ込みつつ、ごめんなさいと謝まった。若いころ、地元で名を馳《は》せたヤンキーチームのリーダーだった父親の迫力は今も衰えていない。

「器の大きな男になってほしくて自由にさせてきたが、将来『蘭々』を継ぐ立場としてこの成績はやばいだろう。今度のテストで最低でも真ん中くらいにいってもらわねえと」

「え、そんなの無理だよ。もう一ヶ月しかないのに」

「凄腕《すごうで》の家庭教師を雇ったから大丈夫だ」

「は？　俺の都合も聞かないでそんな勝手に――」

「親が子供に都合を聞く必要はない。できないなら小遣いカットだ」

蜂谷は目を見開いた。

「ひどい。父さんだって勉強できない元ヤンだったくせに」

「俺にはハングリー精神があった」

「そうよ、レオたん。お父さんは若いころすごくワイルドで恰好よかったんだから」

母親が入ってきて、もう聞き飽きた父親のサクセスストーリーを語り出す。

父親の実家は裕福ではなく、かなり苦労をして自力で小さなテナントを借りてラーメン屋をはじめた。スープや麺に研鑽《けんさん》を重ねるもなかなか客足が伸びないある日、友人に連れられてきたお嬢さまの母親に一目惚れされ、反対する母親の両親を振り切って駆け落ち婚をした。貧乏暮らしに慣れていない母親が過労で倒れたり色々あったが——。

「そんなときに、レオたんを授かったのよ」

母親は当時を思い出すようにぺちゃんこの腹をさすった。

「苦しいときだったから、どんな困難にも負けないライオンのように逞《たくま》しい男の子になってほしいって願いを込めてパパと名付けたのよ。ねえ、パパ」

「ああ、獅子と書いてレオと読ませる案が出たときはこれだと思ったな」

思い出語りをする両親の前で、蜂谷は奥歯をかみしめた。ラーメンマンやラーメン王子も嫌だけど、キラキラネームの走りみたいな名前もコンプレックスなのだ。今は学生だからいいとしても、オッサンになって名刺を出すとき絶対恥ずかしい。

——はちやししさん、ですか。

——あ、いえ、レオと読みます。

——は？　レオさん？　あー……、なるほどー……、いいお名前ですね（プッ）。

というつらいやり取りが目に浮かぶ。

「レオたんがきっかけでうちの両親もやっと結婚を認めてくれて、両親がパパの店に初めてきてくれたのよね。そしたら、なんておいしいんだってすごく感動して」

そのあとは母方の実家の援助もあり、なにより父親の死に物狂いの努力の甲斐《かい》あり、小さなラーメン屋だった『蘭々』は今の一大チェーンへと成長した。

「自分がした苦労を子供には味わわせたくないと思って、なに不自由なくおまえを育ててきたつもりだが、それはまちがいだった。まさかこんな馬鹿になるなんて」

父親はがくりとうなだれ、さすがに蜂谷もバツが悪くなった。

「……あ、でも俺の下にまだ三十人くらいいるし」

「情けない言い訳すんじゃねえ。ボンボン育ちで根性がない上に馬鹿だなんて、俺が心血注いだ『蘭々』をつぶす気か。いいか、家庭教師は決定事項だ。今度のテストでせめて真ん中にいかねえと小遣い五割カット、夏休みは週六で塾にぶち込むからそのつもりでいろ」

絶対クリアできそうにない条件に、蜂谷は絶望的な気分になった。


放課後、鬱々《うつうつ》と廊下を歩いていると花沢と出くわした。

「レオレオ、なにどんよりした顔してんのよ」

「例のアレが今日からなんだよ」

「ああ、家庭教師」

情けない顔でうなだれると、慰めるように背中を叩《たた》かれた。

「元気出しなさいよ。もしかしたらすっごいイケメンがくるかもよ」

「凄腕の家庭教師だぞ。俺好みのちょい悪がくると思うか？」

「クールなインテリ系の可能性が高いわね。もしくは勉強一筋ダサ夫先生」

「あー、俺、終わったわー」

がくりとふたたびうなだれた。

「良太郎はいいよなあ。勉強しなくてもスポーツ推薦で大学いくんだろう」

花沢は陸上の強豪大学から獲得合戦を繰り広げられ、引く手あまたの選ぶ立場。馬鹿すぎて家庭教師をつけられた自分とは雲泥の差だ。見えない尻尾がしょんぼりたれてしまう。

「じゃあレオレオ、インハイ前の地獄の走り込み代わってくれる？」

「無理です。ごめんなさい」

蜂谷は素直に謝った。花沢の毎日は練習練習で高校生らしく遊ぶ時間など一切なく、日々のトレーニングの成果で鋼のようなスレンダーボディはほれぼれするほど男らしい。

「……つらいわ。あんまり筋肉ついてほしくないのに」

花沢は悲しそうに見事に割れた腹筋をさする。花沢は超絶イケメンな男らしい外見とは裏腹な可憐《かれん》な乙女気質で、真実の自分とのギャップに悩んでいる。

「これじゃあ彼氏ができても、あたしのほうが男らしいかも」

「今のままだとそうなるな」

「やっぱり？」

花沢は泣きそうな顔をした。

「そんな顔すんなよ。俺だって似たようなもんなんだから」

「レオレオはかわいいから、東京《とうきょう》の大学いったらすぐ彼氏できるわよ」

「その東京いきがやばくなってんだよ」

先日までは蜂谷も東京の大学に進学しようとざっくり考えていたが、父親の剣幕を思い出すと、堕落の一途をたどりそうなひとり暮らしを許してくれないかもしれない。

「そうなったら最悪だよ」

有名なラーメンチェーンの息子ということで、蜂谷のほうは知らなくても、向こうは知っている場合も多いこんな街で、どうやって恋人を作ればいいのだろう。

その前に、ゲイだとばれたらどうなるんだろう。ネットに書き込まれたりするんだろうか。ツイッターで拡散とかされるんだろうか。父親にばれたら殴り飛ばされるだろうし、噂が広まって『蘭々』にも閑古鳥が鳴いたりするんだろうか。暗黒の未来図だ。

「良太郎はこれから東京でトップアスリートとして大活躍だろうし、残された俺は彼氏どころか唯一腹を割って話せる友達もいなくなって、孤独に耐えきれず自ら命を……」

「ちょっとちょっと、どこまでいくのよ」

肩を揺さぶられて我に返った。

「そんなことないわよって言ってあげたいけど、こんな地方都市じゃまだまだあたしたちみたいなのが自由に生きるって難しいわ。あたし、レオレオが思い詰める気持ちわかる。でもあきらめちゃ駄目よ。恋もしない、彼氏もできない、そんな青春ありえないわ」

「生まれてきた意味がないな」

「だったらレオレオもがんばるのよ。なんとしても今度のテストで成績を上げておじさんを納得させるの。好みじゃないインテリでもがんばって勉強するのよ」

「ううー、勉強……」

「気合いを入れるの。根性を振り絞るの。そんで大学生になったら一緒に二丁目にいきましょう。いい男たくさん引っかけて、どっちが早く彼氏作るか競争よ。ね、ね、約束」

「お、おう」

「じゃあ、あたしもインハイに向けてがんばってくるわね」

元気に走っていく幼馴染みを見送りながら、日々勝負のアスリートのメンタル構造に素直に感心した。限界を突破するためには、ああいう不屈の精神が必要なのだ。

――しかたない、俺もいっちょがんばるか。

花沢のおかげで、前向きな気持ちで家路をたどることができた。

「ねえレオたん、家庭教師の先生にも夕飯を用意するべきかしら。終わるのは八時だし、きっとお腹も空いてるわよね。おやつはちゃんと用意してるんだけど」

母親はキッチンでスポンジケーキにクリームを絞っている。

「まかないつきって条件なの？」

「そういうのはなかったけど」

「だったらいらないだろ」

「でも気が利かない家だと思われて、レオたんの指導に影響が出たら……」

そんなことで手を抜くやつはクビにしろと言いたかったが、今回は未来の彼氏獲得がかかっているので「めっちゃうまいの作ってください」と母親に平身低頭お願いした。

家庭教師は約束のきっちり五分前にチャイムを鳴らした。母親とふたりで出迎えにいく。玄関を開けて入ってきたダサ眼鏡の男を見て、蜂谷は目を見開いた。

「はじめまして。大谷研《おおたにけん》と申します」

と頭を下げたのは、どう見ても先日のがっかりタカユキ、もとい入江孝之《たかゆき》だった。

「おまえ……っ」

と口を開いたと同時、「お邪魔します」と礼儀正しく玄関に上がってきた入江に、親しく肩を抱くように見せかけたスリーパーホールドをかけられ口をふさがれた。

「こんにちは。獅子と書いてレオくんだね。来月のテストに向けてがんばろう。時間がもったいないので早速勉強しようか。お母さん、部屋は二階ですか？」

ぎりぎりしめつけられて声が出ない。母さん、こいつ曲者《くせもの》だ。

「あ、はい。二階の奥の部屋です。あの、先生、うちのレオたんをどうぞよろしくお願いいたします。ちょっとのんびりさんですけど、素直で優しい子ですから」

「お任せください」

入江は涼しい顔で答え、じゃあいこうか、と蜂谷を引きずるように階段を上がっていく。蜂谷の口をふさいだまま部屋に拉致《らち》ると、入江は後ろ手でドアをしめた。カチリと鳴った音に緊張感が高まった。こいつ、鍵かけやがった。

「おまえ、うちの学校の入江孝之だよな」

「ここでは大谷研だ」

「ここではって、おまえ何者だ」

「おまえの同級生の入江孝之だが、家庭教師のアルバイトをするときは知り合いの大学生の身分を借りている。もちろん拝借料は払っているから安心しろ」

「どこに安心の要素がある。凄腕の家庭教師だってふれこみなのに詐欺じゃないか」

「その点も大丈夫だ。大谷研の名前でやっている家庭教師はすべて俺だ。つまり大谷研に与えられている『凄腕』という価値は俺の価値だ。だから安心して俺に習え」

「アホか。母さーん、こいつ詐欺——」

声を張った瞬間、背後の壁にどんっと手を突かれた。

間近に迫る入江の顔面に、蜂谷は目をしばしばさせた。

——あれ、これ……もしや壁ドン？

人生初のときめきシチュエーション。それをこんな男に奪われてしまったことにじわじわと怒りが湧いてくる。にらみつけると、入江は空いている手でダサ眼鏡を外した。

——あれ、意外と恰好いい？

どうしようもなく古くさいフレームの眼鏡が外れると、鋭い目つきの整った顔が現れてどきりとした。しかしよく見えないのか、目を眇《すが》めるのでえらく目つきが悪い。がり勉からチンピラへと変身したようで、壁ドンというよりカツアゲでもされている気分になる。

「な、なんだよ。どう考えてもおまえが悪いんだろう」

「ああ、いいことをしているとは思っていない」

「なんで大学生なんて嘘ついてまで家庭教師してんだよ」

「バイト代がいいからだ」

単純明快すぎる理由に余計にあきれた。

「せいぜい時給千円くらいの差だろう。たかがそれくらいの金のために」

「たかが？」

入江が威嚇するように眉をひそめた。うおっ、怖い。

「よく聞け、ラーメン王子。おまえの会社の主力商品は一杯七百五十円のラーメンだろう。俺のこととは別に、そのざるのような金銭感覚を矯正しないと将来痛い目を見るぞ」

もう本当に脅されているとしか思えず、蜂谷は押し黙った。

「ともかく、おまえは成績が上がれば文句ないんだろう？」

「……そうだけど」

「普通の家庭教師が二時間かかるところを、俺は一時間で教えてやる。余った一時間をおまえは好きに使えばいい。大嫌いな勉強をする時間が短縮された上に成績も上がる。騙《だま》されたと思って一ヶ月試してみろ。俺にも、おまえにも、なにも損はないはずだ」

「そういう問題じゃないだろう」

「じゃあなにが問題だ。需要と供給はばっちり合ってるぞ」

反論する前に、ずいっと顔を寄せられて焦った。

「これ以上騒いだら、不本意ながら俺もおまえの恥ずかしい秘密をばらすことになる」

「恥ずかしい秘密？」

入江はニヤリと笑った。

「ちょっとのんびりさんで素直で優しい蜂谷獅子くんは、ケツから数えたほうが早いほどのアホっ子で、家に帰れば母親からレオたんと呼ばれて溺愛《できあい》されている」

　蜂谷は目を見開いた。

「ば、馬鹿野郎。そんなことばらしたら俺もおまえの詐欺をばらすぞ」

「ああ、そんな泥仕合をしてもお互い得がないだろう。だから一ヶ月だけ俺を試せ。おまえは一ヶ月だけ、大学生で大谷研である俺から勉強を習えばいいんだ。俺は必ずおまえの成績を上げてみせる。どんな馬鹿でも俺は失敗したことはない」

　さらに顔が寄ってくる。すごい迫力に耐えきれない。

「わ、わかった、わかったから離れろ」

　必死で押し返すと、入江はふっと鼻で笑った。

「わかってくれてよかった。一ヶ月よろしくな」

　笑っているのにチンピラにしか見えない。こんなやつと一ヶ月も――。

「じゃあ、さっそくやるぞ。教科書を出せ」

「あ、はい」

　思わず敬語で返事をしてしまった自分が悔しい。

　入江は満足気にうなずいて眼鏡をかけ直す。

　チンピラががり勉ダサ眼鏡に戻ってしまい、眼鏡ないほうがワイルドでいいのに……、とちらっと思った自分が恥ずかしくなった。

一ヶ月後、テストの結果用紙を手に両親のテンションはマックスに高まっていた。

「学年で一〇五番よ。すごい。すごい。レオたんのこんな成績初めて見たわ」

「こりゃすげえな。さすが俺らの息子だ。根性見せやがったな」

母親とうなずきあったあと、父親は蜂谷と向き直った。

「おまえ、やりゃあできるじゃねえか。がんばったんだから小遣いアップしてやらないとな。ああ、おまえがほしがってたなんとかってチャリも買ってやるよ」

「パパったら、なんだかんだ言ってレオたんに甘いわね」

しかし父親はそうじゃねえと難しい顔をしてみせた。

「ダメなときはすぐ給料下げて、売上伸ばしても給料上げねえケチくさい経営者とかいるだろう。俺はああいうのは大嫌いなんだ。努力して結果出したやつがいい目を見るのは当然だ」

「パパ、素敵。レオたんも将来はパパみたいな恰好いい社長さんになってね」

その夜は正月並みの豪華な料理が並び、蜂谷はひどく居心地の悪い思いをした。

「なぜ居心地が悪い。目標よりも上のラインをクリアしたのに」

翌日の家庭教師の日、入江は怪訝そうな顔をした。

「いや、まあそうなんだけど」

「なにが不満か言ってみろ。できることなら対処してやる」

入江は参考書を出しながら聞いてくる。

「不満というか、親をだましてる罪悪感というか」

「だます？」

入江がぴくりと眉をはね上げた。

「おまえのおかげで、俺はびっくりするくらい成績が上がったわけだけど」

「元がダメダメだからそう感じるだけで、おまえの成績は中の上程度なわけだが？」

「俺にしたらすごいんだよ」

「感覚のズレに関しての言及は置いておくとして、で？」

腹立つなーと思いつつ、蜂谷は自分の居心地の悪さを訴えた。

——俺は必ずおまえの成績を上げてみせる。

入江の宣言通り、一ヶ月という短期間で蜂谷の成績は飛躍的に向上した。しかし入江の家庭教師ぶりは詐欺すれすれだった（元から身分詐称をしているので今さらだが）。

試験に出ないところはいさぎよく切り捨て、入江がヤマを張ったところだけを徹底的に教え込まれた。偏りすぎた勉強法に首をかしげても、文句を言わずに覚えろ、覚えろ、覚えろと洗脳のように繰り返された。これでヤマが外れたら大惨事だったろうが、ヤマは見事に当たりまくり、両親は大喜びで蜂谷を褒めちぎり、ニセ大学生の入江に感謝した。

「成績が上がったのは嬉しいけど、本当に勉強できるようになったわけじゃないし、親の期待に全然応えてないし、成績上がって最初は嬉しかったけど……」

蜂谷はもごもごとつぶやいた。

「これって、親をだましてるってことなんじゃないか？」

「そのとおりだが？」

逆に問い返され、蜂谷は首をかしげた。

「基礎学力が一ヶ月やそこらで向上するはずがないことくらい、ちょっと考えたらわかるだろう。しかしその中で俺はしっかりと結果を出した」

「結果っていっても、それってうちの親が本当に願ってることとはちがうだろう。喜んでる親の顔見てるとなんか胸が痛いし、おまえのやり方って俺はどうかと思う」

そう言うと、入江はあきれた目で蜂谷を見た。

「問題は俺なのか？」

「え？」

まばたきで問うと、入江は眼鏡を外した。がり勉がチンピラに早変わる。

「試験の成績だけ上がっても意味がない、喜んでいる親の顔を見ると胸が痛い、そんな優しい心と立派なことを考えられる頭があるのに、なぜ、そもそも親の期待に応えられてないのはケツから数えたほうが早いくらいの成績しか取れない馬鹿な自分であるという事実はスルーなんだ。俺は金で雇われているだけの家庭教師だ。息子の成績を上げてほしいと頼まれ、そのオファーに完璧に応えた俺になんの文句がある。自分の親不孝の責任転嫁をするな」

理路整然と言い返され、蜂谷は奥歯をかみしめた。

悔しい。しかし、言われてみればもっともだった。

入江は雇い主を満足させ、蜂谷の小遣いはカットされるどころかアップされた。なにも文句をつける筋合いではない。元凶は日々の予習復習すら怠った末にケツから三十番まで落ちた自分だ。それも言われなければ気づかない。落ち込んでいると、入江が眼鏡をかけ直した。

「今日で最後だ。時間がもったいないからさっさと勉強に戻るぞ」

「え、成績上がったのにまだすんの？」

瞬間、入江が眉間に皺を寄せた。黙って眼鏡を外す仕草に、やばいと身をすくませた。この一ヶ月でわかったが、入江は怒ると眼鏡を外す癖がある。

「まあ、おまえがサボるのは勝手だ。ずっと親に申し訳ないと思いながら生きていけ」

眼鏡なしのチンピラバージョンで笑われ、ひぃっとなった。

「やります、がんばります、はい」

慌てて数学の参考書を出した。

真剣に問題と取り組みながら、うっすらと見える数字の道筋を辿《たど》っていく。以前は暗号同然だった数式が、のろのろだがほどけていくことが不思議だった。できたと言うと、ちらっとノートを見た入江が「正解」とうなずく。単純に嬉しくなった。

「じゃあ次、これ」

指された問題に取り組む。さっきと似ているけれど少しちがう。ああ、先日のテストの変形かな。できたと言うと、また入江がちらっと見て「不正解」と言った。

「ここで簡単な計算ミスをしている。解き方は合っているのに、小学生レベルのミスで点を失うな。入試なんて団子状態で一点二点の差が合否をわける。注意しろ」

そっか……と別の問題に再チャレンジすると今度は「正解」だった。

「なあなあ、俺、ちょっと感動しまくりなんだけど。人間の脳みそって数パーセントしか使われてないって言うけど、もしかして俺の脳みそフルパワーになったのかな」

「フルパワーでこれなのか？」

信じられない生物を見るような目で見られた。

「高校数学は暗記勝負だ。この一ヶ月で要所を完璧に覚え込んだんだから、全体的にわかりやすくなっていて当然だろう」

「ふうん、そういうもんかあ」

蜂谷は参考書の数式に目を落とした。

「うん、でも、少しだけどわかるようになってるんだよな。意味不明のもの見てても眠くなるだけだけど、わかってくればおもしろいよ。がんばって出した答えに『正解』が出ると、ゲームクリアしたときみたいに楽しいっていうか、やる気が出るっていうか」

話しながら、あ……と気づいた。入江はそういうこともわかった上で、とりあえず丸暗記をさせたのかもしれない。詐欺すれすれの一夜漬けみたいな教え方と見せかけて、実は基礎学力も向上させる手だったとか……。あれ？　あれれ？

「なあ、おまえって実はすごくいいやつなの？」

問うと、入江はまたもや信じられない生物を見たような顔をした。

「……おまえ」

「ん？」

「あっという間に人を信じるな。仔犬か。もっと疑え。花畑を耕すな」

「耕してねえし」

「そんなんじゃ将来詐欺に引っかかって会社をつぶす羽目になるぞ。いや、今もうすでに俺という詐欺師に引っかかっている。これを教訓に自分を見つめ直せ」

「自分で言うな。つかなんで自分を詐欺師って言うやつに説教されなくちゃいけないんだ」

「ほら花畑レオ、次はこれだ」

おかしな名前をつけるなという前に参考書の問題を指さされ、蜂谷はへえへえと数式に取り組んだ。ちょっと見直しそうになったけど前言撤回だ。誰が花畑レオだ。プラス方面に急接近しかけた入江を、しっしっとふたたびマイナス方面に追いやった。

その夜、風呂上がりにリビングへいくと母親が教育番組を熱心に見ていた。

「レオたん、冷蔵庫にハーブとフルーツの生ジュースあるから飲んでね。DHAの粉末も入ってるのよ。それ飲んで寝たら頭がよくなるんだってママ友に教えてもらったの」

と言われたが、風呂上がりに魚ジュースは気分的に嫌だ。冷蔵庫からコーラを出して飲んでいると、カウンター越しに教育評論家の茂木《もぎ》ママの声が聞こえてきた。

「やればできる子って本当に多いのよねん。じゃあ、どうしてそういう子がやらないかっていうと、達成感や褒められる喜びを忘れてるだけなのねん。つまり成功体験。小さなことでもいいから、まずはやり遂げることの喜びを思い出させてあげるのが大事なの。んふっ」

——成功体験……。

それらはまんま入江が実践したことではないのか。やっぱりあいつはすごいやつなのだろうか。しかし花畑発言を思い出して考え直した。あいつはただの性格の歪《ゆが》んだ詐欺——。

「本当にいい先生っていうのはね、卒業してからわかるものなのよん」

茂木ママの言葉に、蜂谷の混迷はふたたび深まった。

できたと言うと、ちらっと入江がノートをのぞき込んだ。

「正解。しかし時間をかけすぎだ。試験は時間が限られている。のんびりやりすぎると最後に焦ることになる。駄目だと思ったらあきらめて次にいく潔さも必要だ」

「でも残すと気になるし、急ぐとまちがうし」

「残しても気にするな。急ぎつつまちがうな。次これ。十五分で解け」

「え、五問十五分はちょっと無理――」

「スタート」

携帯でタイマーをセットされ、蜂谷は慌ててノートに向かった。

身分詐称と脅迫同然で「一ヶ月の我慢」とはじまった家庭教師だったが、最初の結果を見た両親が頼み込む形で継続している。どうしても嫌なら蜂谷はそう言ったし、両親も考えてくれただろうが、蜂谷自身もなんとなく続けてもいいかなと思ったのだ。

入江は今や我が家のＶＩＰとなっている。テーブルには母親が取り寄せた有名店のタルト・タタンがおやつに出ているし、現在、階下のキッチンでは母親が張り切って夕飯を作っている。メニューは仔牛のカツレツやカルパッチョ風サラダなどのおもてなし系。

「できた」

手を上げると、入江は携帯のタイマーを止めた。

「十六分二秒。一分と二秒のオーバー」

「それくらい大目に見ろよ」

「入試でそのセリフは通用しない」

入江は目だけで答え合わせをしていく。結果は十問中九問正解だった。

「あー、惜しいなあ。もう少しでパーフェクトだったのに」

「まあまあだな」

入江は頬杖でうなずく。えらそうな態度とは裏腹に、まちがえた問題について、なぜまちがえたのかを解説してくれる。ここまでくると蜂谷にも見えてくるものがある。

尻から数えたほうが早い成績を短期間で平均より上げるという難関をクリアしたあと、入江は試験対策のショートカット方式ではなく、基礎から丁寧に教えてくれるようになった。一回二時間、週に二度、入江の教え方はスパルタだが、蜂谷のレベルに合わせた問題を選んでくれるので、まったくできずに落ち込むということがない。しかも先生よりもわかりやすく、最近は勉強って楽しいなとすら思いはじめている。茂木ママの言う成功体験だ。

――本当にいい先生っていうのはね、卒業してからわかるものなのよん。

卒業する前に気づいてよかったと、ひそかに茂木ママに感謝する日々だ。

「おまえはどんなのやってんの」

蜂谷を教えながら、入江は自分の勉強もやっている。入江のノートをのぞき込んだが、さっぱりわからなかった。さすが全国模試上位。レベルがちがう。

「入江、なんでそんな勉強すんの？」

「いい大学に入るためだ」

「なんのためにいい大学に入んの？」

「いい仕事につくためだ」

どうにも薄っぺらい返しに蜂谷は落胆した。

「なんだよ、つまんないやつだな。そんだけ頭いいんだしもっと夢とか持てよ。その優秀な頭を使って人の役に立つ仕事とか。医者とか、なんかすごい研究する人とか」

「将来の仕事は決まっている」

「なに？」

「悪徳弁護士」

思わず間が空いた。

「な、なんだ。夢あるんじゃん」

「夢じゃない。悪徳弁護士に俺はなる」

「海賊王になるみたいな言い方すんな」

「『なる』と口にすることで自分に暗示をかけ、成功率を高めることができる」

「なるほど。いや、でも悪徳ってわざわざつける必要あるのか」

「その二文字を外したら意味がないだろう。もちろん何年かはイソ弁をして、独立したあとは法外な弁護料をがっぽりふんだくる、無慈悲で有能な弁護士になるために俺は日々勉強をしている。どれだけ有能でもサラリーマンは給料以上は稼げないからな」

高校生らしいさわやかさの欠片《かけら》もない将来設計だった。

「おまえは将来『蘭々』の社長だろう。問題が起きたら俺に弁護を依頼しろ」

「ふんだくられるとわかってて依頼する馬鹿がどこにいるんだ」

「ここに」

と指さされ、ていっと払い落とした。

「けど弁護士かあ。悪徳とかは置いといて好きな仕事につけるっていいよなあ」

子供のころから『蘭々』を継ぐことは決まっていたし、東京の大学に進学しても卒業後は地元へUターンだ。自分はずっと東京まで一時間半、都会でもなく田舎でもない、平凡なこの地方都市でラーメン屋の社長として生きていくことが確定している。

「会社継ぐのが嫌なわけじゃないけど、自由時間が大学の四年間だけってのはなあ」

知り合いだらけの地元ではゲイの自分は簡単に恋愛もできないし、そうなると勝負は大学の四年間しかない。なんとか一生を共にできる真実の恋人と巡り合い、卒業後は地元についてきてくれる約束まで漕ぎつけたい。高すぎるハードルに今から気が遠くなる。

「ん、なんだよ」

視線を感じて顔を上げると、しかめっ面の入江と目が合った。

「一般庶民が砂利だらけの土地を自力で耕してレールを敷いていかねばならないところ、花畑レオたんの場合は親が用意した二代目レールがすでに敷かれている。つまり今の時点でえげつないほどの労力と時間が短縮されているんだが、その上さらに自由時間？」

「いや、それはわかってる。恵まれてると思うけどさ」

自分が言っているのはそういうことではなく、もっと小さい、しかし切実な恋愛事情なのだが、ゲイであることをぶっちゃけることはできないので口ごもる羽目になる。

「わかってるなら、カレーに海老《えび》と帆立が入る家に生まれた幸せをかみしめて生きろ」

「海老と帆立？」

「先週の夕飯に出たカレーはうまかった」

「普通のシーフードカレーだろ」

「だから、あれを普通と認識できる幸せをかみしめて生きろと言っているんだ。うちのカレーなんて肉すら入ってないことがあるぞ」

「ベジタブルカレー？」

「月末カレーだ」

「なんだそれ」

「わからないほうが幸せだ。そのまま生きろ」

そのときノックの音がして、母親が夕飯の差し入れにきてくれた。

「大谷先生、お疲れさまです。レオたん、今日はお勉強はかどった？」

「母さん、人前でレオたんって呼ぶのやめてくれってば」

「あ、ごめんなさい。もう癖になってるから」

「かわいいからいいじゃないか。レオたん」

入江がニヤニヤ笑いを浮かべたので、机の下で足をけっ飛ばしてやった。

仔牛のカツレツ、カルパッチョ風サラダなどの夕飯を、「いまだかつて、これほどうまい飯を出す家はなかった」と入江はばくばく食べている。普段は無表情で感情を見せない男だが、男子高校生らしく食べることは好きなようで、年相応にかわいく見える。

「ごちそうさん。うまかった。このあと別のバイトいくからそれまで眠らせてくれ」

ものの五分ほどで食べ終わると、入江は蜂谷のベッドにもぐりこんだ。

「勝手に人のベッド入んな」

「おお、ふかふかだな。さすがセレ布団」

「聞けよ。おまえ他にもバイトしてるの？」

「ああ、おまえの他にも家庭教師一件。あとオンライン教師とコンビニ」

「そんなに？」

「金はいくらあっても困らない」

「けど、それじゃおまえ学校と勉強とバイトしかしてないんじゃん」

「充分だろう」

「もっと友達と遊んだりとか恋愛するとか——」

「寝る。もう話しかけるな」

入江は頭からすっぽり布団をかぶってしまった。悪徳弁護士発言といい、どれだけ金が好きなんだとあきれる一方、それだけのバイトをこなしながら学年トップの成績を維持していることに驚かされる。こいつは本気を出したらどこまでいくんだろうと考えていると、

「あ、八時四十五分になったら起こせ」

「命令すんな」

布団にかくれた頭部分をぺしっとしばくが、すぐに安らかな寝息が聞こえてきた。もう寝たのかよと、子供みたいな寝つきのよさに毒気を抜かれた。

キッチンに皿を下げ、起こせと言われた時間まで暇なので風呂に入ることにした。母親好みのフランス製アンティークタイルに真鍮《しんちゅう》の猫足バスタブ、少女趣味なミルキーピンクの湯に浸かっていると、「おじゃましまーす」と声が聞こえた。

「おばさーん、二階いくねー」

花沢の声だった。勝手知ったる幼馴染みなので、いつも簡単な声かけだけで入ってくる。しかし今日はいつもとはちがう。ざばっと蜂谷は猫足のバスタブから上がった。

超絶イケメン細マッチョで未来の箱根スター、高校陸上界のアイドルである花沢だが、蜂谷といるときは地の乙女全開になる。そして今、自室には入江が寝ている。

――やばい、やばい。良太郎、いつものオネエ言葉でしゃべんなよ。

焦って身体をふいていると、二階からキャアアア――――と花沢の悲鳴が聞こえてきた。遅かったか。下着一枚で脱衣所を飛び出し、自室に駆け込んだが手遅れだった。

「やだやだやだーっ、なんか知らない男がいるー」

花沢は男らしい身体を小さく丸めて部屋の隅っこで震え、ベッドには眼鏡なし寝起きの超絶不機嫌モードの入江があぐらをかいていた。蜂谷は花沢に駆け寄った。

「良太郎、大丈夫か。しっかりしろ」

「あ、レオレオ……っ！」

花沢は半べそでしがみついてきた。

「どうした。入江になんか変なことされたのか？」

そんなはずはないのだが、思わずそう聞いてしまう風情だった。

「気持ちよく寝ていたのに、いきなり覆いかぶさってきたのはそいつだぞ」

入江が言う。毛布を頭からかぶって寝ている入江を蜂谷だと思い込み、花沢はオネエ言葉で話しかけてしまったのだ。見事なまでに、蜂谷が危ぶんだとおりの展開だった。

「だってまさかレオレオのベッドに、レオレオ以外の男が寝てるなんて思わないじゃない。しかもその子、うちの学校の変人がり勉くんじゃない」

「変人がり勉で悪かったな。おまえこそオネエじゃないか」

入江が冷静に突っ込み、花沢のパニックは拡大した。

「……も、もう駄目だわ。よりにもよって、ゲイでオネエなことが同じ学校の子にばれるなんて最悪よ。あたしもう学校にいけない。陸上選手としての未来も終わったわ」

「良太郎、落ち着け。そんなことにならないから」

「嘘。同級生がオネエなんて、こんなおもしろいことばらさないやついないわよ。きっとネットに書き込みされて、陸上で名前が知られてるせいでどんどん拡散されて、日本中にカミングアウト状態になって、あたし陸上どころかまともな生活を送れなくなるんだわ」

ついに花沢は床に泣き伏してしまった。見事に割れた腹筋を持つトップアスリートでありながら、こと性癖に関して花沢の心は野に咲く花のように繊細だ。

「良太郎、大丈夫だって。入江は変人だし詐欺師だし口も目つきも悪いけど、人の性癖をばらすなんてひどいことはしない……と思う。多分、恐らく、きっと、自信はないけど」

家庭教師初日に脅されたことを思い出し、だんだん声が小さくなる。

「なあ入江、言いふらしたりしないよな」

問うと、入江は面倒くさそうに立ち上がった。

「そいつがオネエだろうがオナベだろうが、俺の損得にはなんの関係もない」

「損得にかかわったら、ばらすかもしれないの？」

入江はにやりと黒い笑みを返し、花沢の顔が恐怖に引きつった。

「や、やっぱり言いふらすつもりなのね」

もう駄目だわーと花沢がふたたび床に突っ伏す。火に油を注ぐなよとにらみつけたが、入江は意にも介さず自分の参考書を鞄《かばん》にしまい帰り支度をしている。

「そう気に病むな。今どきゲイもレズもバイもオネエもオナベも珍しくないだろう」

入江が言う。

「軽く言うなよ。当事者にとっては深刻な――」

「俺も当事者だ」

入江の言葉に一瞬間が空いた。花沢がぴたりと泣きやみ、蜂谷もえっと目を見開く。

「オネエなの？」

花沢と蜂谷そろっての問いに、入江は「ゲイ」と簡単に答えた。

蜂谷と花沢は限界以上に目を見開いた。

「……えっ、ええっ、がり勉くんお仲間なの？」

「おまえはオネエだろう。厳密には仲間じゃない」

興奮している花沢に、入江はごく平常のテンションで答えた。

「でもレオレオとは完全なるお仲間よね」

つるっと滑って飛び出した言葉にみたび間が空いた。

少し遅れて、入江が「え？」とこちらを見た。

「ばっ、良太郎、おまえ、なに俺のことまでばらしてんだよ」

「ごめんなさい、つい」

ふたりでぎゃーぎゃー騒いでいると、

「俺はバイトの時間だからいく。じゃあな」

入江はあっさり帰っていき、蜂谷と花沢は取り残された。

「…………え？」

「…………あら？」

花沢と顔を見合わせた。

「帰ったの？」

「みたいだな」

「入江くんってゲイなんでしょう？」

「みたいだな」

「カミングアウトって結構な事件じゃない？」

「と思うけどな」

「なんであんな平気な顔で帰ってくの？」

「さあ」

ふたりで首をかしげ合う。

「入江くんはちょっと変わってるって噂、本当だったのね」

「ちょっとじゃなくて、だいぶだろ」

お互いうなずきあったあと、花沢はじわりと笑顔を浮かべた。

「でも、お仲間発見って無条件に嬉しいわね」

「それは言えてる」

自分だけじゃないという安心感。うなずくと、花沢は「あ」とこちらを見た。

「入江くん、レオレオの彼氏候補にいいんじゃない？」

「ふざけんな」

ぺしっと花沢の頭をしばいた。


翌週の家庭教師の日、部活を終えた花沢が蜂谷の家に顔を見せた。

「時給がいいからって理由で身分詐称して家庭教師ってドン引きだけど、きっちり結果出してるんだからすごいわね。レオレオの成績を中の中まで上げるなんて奇跡よ」

ふたりが勉強をしている横に立ち、花沢はスクワットをしながら話しかけてくる。

「ねえ、孝之は彼氏いるの？　いつからゲイだって自覚したの？」

仲間認定した証明か、花沢は早速入江を名前呼びにしている。入江のほうは異議を申し立てることもなく、しかし質問は完全無視で家庭教師業と自分の勉強に励んでいる。

「良太郎、あとちょっとで終わるから待てよ」

蜂谷の言葉に、花沢は「はーい」とかわいく唇をとがらせながら、男らしくハードなスクワットを続ける。花沢は仲間が増えたことが嬉しくてたまらないのだ。

終了すると、母親がいつものように夕飯の差し入れをしてくれた。今日はパンとサーモングラタン、野菜のスープにチキンサラダ。デザートに手作りティラミス。

「良ちゃんは大会前だからこれね」

母親はローカロリーでタンパク質豊富な和定食とコーヒーゼリーを出した。

「おばさん、ありがとう」

あぐらに男声で礼を言った花沢は、母親が出ていくとすぐに内股の女の子座りになった。

「ねえねえ、孝之は彼氏いるの？」

食事をしながら、花沢が待ちかねたように質問した。

「いない」

「今まで男の子とつきあったことある？」

「ない」

「そうなんだ。あたしとレオレオもまだ誰ともつきあったことないの」

「そうか」

「じゃあみんな処女ね」

「俺は童貞だ」

「ああ、タチなのね。あたしとレオレオはネコよ」

「ネコ？」

横目で見られ、じわりと頬が熱くなった。

「あ、レオレオ顔赤くなった」

花沢がめざとく見つけて笑った。

「レオレオってこういうトーク苦手よね。見た目とちがって意外と大和撫子《やまとなでしこ》なのよ」

「大和撫子」

またちらりと見られ、なんだか居心地が悪くなってくる。

「俺のことはいいんだよ。それより良太郎はどうなんだ。前に大会で知り合った髭《ひげ》の剃りがいいかげんな雑誌カメラマンとはどうなってんだ。連絡先交換したんだろ」

「うん、あの人とはラインでやり取りしてるわよ」

「告白した？」

花沢はまさかと首を横に振った。

「告白なんてできるわけないわよ。ふられるならまだマシだけど、下手したらゲイだって差別されて、噂ばらまかれたりする危険もあるわけじゃない」

「それ一番きついよなあ」

テレビではオネエタレントがごく普通に出演していて、自分たちみたいな少数派が受け入れられたような錯覚をしがちだけど、ああいうのはやっぱり個性が売りの芸能界の話で、自分たちの世界にそのままスライドさせると痛い目に遭う。

また明日と手を振り合う友達。こんにちはと挨拶をかわす近所のひとたち。ただいまと開ける家の玄関。おかえりと出迎えてくれる母親や父親。こつこつ築いた平凡な日常に、一か八かの爆弾を投げ込むわけにはいかない。うかつに破壊はできないのだ。

「あたし走るの好きだし、多分、現役引退するまでカムアはできないわ」

花沢はあきらめ顔で言い、蜂谷もまあなあと目を伏せた。

「ね、孝之のタイプはどんな人？」

花沢は空気を変えるように明るく質問した。

「タイプ？」

入江は考えるように首をかしげる。

「あたしはね、ちょっと駄目なところがある人が好きなの。具体的に言うと、後頭部の髪がはねてるのに気づいてなかったり、襟がねじれてたり、無造作っていうか気が回らないっていうか隙があるっていうか、ついあたしが直してあげたいって思うのよね」

「ああ、ヒモ育成系か」

当たらずとも遠からずな入江の感想だった。

「レオレオのチンピラ好きよりマシだと思うけど」

「チンピラ？」

入江が眉をひそめ、蜂谷は「ちがうし」と慌てて訂正した。

「俺が好きなのはチンピラじゃなくて、ちょっとワイルドで悪い感じがする男だ。見た目は怖そうだけど中身は情に厚くて、弱きを助け強きを挫《くじ》き、くだらない自慢話はせず、寡黙で、仕事もできて家族思い、あとはまあ身長が俺よりも高かったらそれでいいよ」

「理想高すぎよ」

「身の程を知れ」

ふたり同時に突っ込まれ、そうかなあと首をひねると入江が溜息をついた。

「どちらかが立派すぎたり駄目すぎたりするカップルはうまくいかないんだ」

「そうなの？」

「なにかのまちがいでおまえが好みのいい男と巡り合い、なにかの気の迷いでそいつがおまえに惚れたとしても、おまえがその男の人生を台無しにする危険性がある。『蘭々』の経営に失敗し、多額の負債を抱えて倒産、相手を道連れに借金返済人生とか」

「なんでそんな絶望的な未来なんだ」

「そうならない自信があるのか」

問われ、蜂谷は考えた。すごくがんばっても普通よりもちょっと上くらいの成績しか取れない今の自分に会社経営が務まるのか。考えるほどに眉間に皺が寄っていく。

「……ないかもしれない」

「そうだろう。好きな相手に迷惑をかけたくないのなら、まずは自分を磨く努力をしろ。水が低きに流れるように、もしくはバランスの悪いやじろべえのように、釣り合わないカップルというのは相手を巻き込んで転がり落ちていく危険をはらんでいるんだ」

「……はい」

しょんぼりとうなだれたあと、ハッと我に返った。

「な、なんだ、人にばっかえらそうに。そういうおまえはどうなんだよ」

「なにが『どう』なんだ」

「だーかーらー、孝之はどんな男がタイプなの？」

花沢が詰め寄ると、入江は「特にない」と答えた。

「好きになったらそいつがタイプだ」

「今まで好きになった相手ってどんなの？」

「いない。勉強とバイトに忙しくて恋愛をする暇なんてなかった」

真面目くさった男に、蜂谷はようやく勝機を見た。

「初恋もまだのくせに、あんな人生の達人ぽい講釈たれてたのかよ」

「そういうおまえも処女だろう」

「う、うるさい」

反射的に顔が熱くなった自分が悔しい。

「好きになった相手はいないが、結婚相手は金持ちの娘と決めている」

「ゲイのくせに結婚するのか」

思わず責めるような目を向けると、

「相手さえ選べば、サインと判をつくだけで財産が増える素晴らしいシステムだ」

言い切った入江に、蜂谷と花沢はドン引いた。

「……や、やだ、なんなのこの人。十七歳のピュアさの欠片もないわ」

恋に夢見る乙女の花沢が、おびえたように蜂谷に身を寄せてくる。

「ピュアと馬鹿は同義語だ。俺には無理だから、レオたんと花沢に任せる」

「レオたんって呼ぶな。おまえは悪徳弁護士より結婚詐欺師にでもなれ」

「女としゃべるのは面倒だから嫌だ」

「それでよく結婚しようと思うよな」

「金と縁を結ぶと思えば耐えられる」

ますます引いた。

「おまえ最低だな。離婚裁判起こされて、ウン千万の慰謝料ふんだくられりゃいいんだ」

「望むところだ。民事は自己弁護できるから俺の弁護士バッジが火を噴くぞ」

「嫁相手にゲスすぎる」

いつもの調子で言い合っていると、花沢がぽつりとつぶやいた。

「あんたたちって意外とお似合いかもね」

「どこが？」

不覚にも入江とハモってしまった。

「喧嘩するほど仲がいいっていうか、喧嘩してても息がぴったりというか」

「勘違いだ」

「でも孝之、お金持ちが好きならレオレオもお金持ちよ。顔もいいし」

花沢の言葉に、入江は考えるようにじっとこちらを見た。こんな結婚詐欺師すれすれの男なんて範疇《はんちゅう》外だが、一応どきりとする。なんとなくもじもじしていると、

「ないな」

と言われた上に、やれやれと首まで横に振られてむっとした。

「こっちだってないし」

「そうか、珍しく気が合うな」

「ほんとほんと。ばっちりだな」

お互い顔を突き合わせて笑い合っていると、

「やっぱりお似合いだと思うわ」

花沢が小声でつぶやいたが、聞こえないふりをした。

自分たちはゲイだが、それぞれ好みがずれているので恋愛にはならない。その上で同性愛者だという引け目を感じず、素で話をできるのはとても楽なことだった。


夏休みに入り、家庭教師は午後の早い時間に変わった。

その日、入江《いりえ》が帰ったあと部屋に参考書が忘れてあった。中身を見ても高度すぎてさっぱりわからない。入江に連絡をし、暇なので今から届けると伝えた。

蜂谷《はちや》は気に入りのバーディに乗って市営住宅を目指した。等間隔に同じ四角い建物が並ぶ街は、蜂谷の自宅がある静かな住宅街とは雰囲気がちがう。聞いていたＴ５棟という建物を探すのに手間取って、途中で電話をしたら入江が迎えにきてくれた。

「暑いのに悪かったな」

「いいよ。けど同じ建物ばっかで迷路かと思った」

参考書を渡し、流れる汗を手でぬぐった。

「ちょっと寄っていくか？」

「いいの？」

「届けてくれた礼に麦茶くらい飲ませてやる」

「コーラにしてほしい」

「麦茶にしておけ。ミネラルたっぷりだ」

「田舎の祖母《ばあ》ちゃんとおんなじこと言うな」

「おまえこそ、コーラコーラってうちの弟と同じことを言うな」

「弟いんの？」

「妹もいる」

「こわ。おまえのミニチュアが二体もいるのか」

バーディを押しながら、巨大迷路を入江と並んで歩いていく。

「変わった形の自転車だな」

「恰好《かっこう》いいだろう。前からすげえほしくてさ、成績上がった褒美に買ってもらったんだ。ドイツの自転車で折りたためるからどこでも乗ってけるし」

「いくらするんだ」

「これはクラシックだから十五万ちょい」

「眩暈《めまい》がしそうな値段だ」

入江は肩をすくめた。その横顔に感心と少しの軽蔑が差しているのに気づいてしまい、なんとなくバツの悪い思いをした。

入江の家は市営住宅のＴ５棟。生まれたときからずっと住んでいるらしい。おじゃましますと３ＤＫの室内に上がり、漂ってくるいい匂いに蜂谷はくんと鼻を鳴らした。

「カレーだ」

「食うか？」

「いいの？　実は小腹減ってたんだよ」

居間に入ると、ジャージ姿で室内運動をしていた女の子がきゃっと小さく声を上げた。

「あ、こんちは。お邪魔します」

慌てて挨拶すると、「妹の佳織《かおり》、中二」と入江が簡単に紹介してくれた。

「佳織、友達の蜂谷だ。『蘭々《らんらん》』の王子」

えらく雑な紹介に「おい」と隣を見たが、

「あ、そうなんですね。あそこの鶏白湯《とりパイタン》そば大好きです」

佳織はにこりとほほえみ、蜂谷はへえーと感心した。

「うそっ」

「ほんと？」

「すごーい」

という三大反応である言葉を使わずに対応した女の子は初めてだった。落ち着きのある礼儀正しい態度。しかもつややかな長い黒髪が清楚《せいそ》な美少女だ。

「佳織、ちょっと早いけど夕飯にしてくれ。こいつも食っていくから」

「はーい。蜂谷さん、少し待っててくださいね」

感じのいい笑顔を残し、佳織は軽やかに台所へいった。

「おいおい、めっちゃかわいいじゃん。おまえの妹とは思えない」

「よく似てると言われるが」

どこがだと言おうとしたが、確かに顔立ちは似ていた。露悪的な物言いやダサい見た目にごまかされているが（今日の入江は、地元のたんぽぽ商店街というネーム入りのTシャツを着ている）、入江は顔の造作自体はかなり整っているのだ。

考えていると居間のドアが開き、小学生くらいの男の子が入ってきた。

さっき聞いた弟だろう。「こんちは」と蜂谷が挨拶すると、弟はびくりとあとずさった。そして猫に見つかったネズミのように、無言で素早く居間を出ていった。

「……俺、なんかした？」

「弟は登校拒否の引きこもり中で、人が苦手なんだ」

「へ、へえ、そうなんだ」

ヘヴィな小学生だなと思っていると、できたよーと佳織に呼ばれたので台所へいった。ダイニングにはカレーが三人分用意してあった。サラダなどの副菜はない。弟の分は佳織が盆にのせて個室へ運び、こちらは三人でいただきますと手を合わせた。

「あ、なんか懐かしい味がする」

一口食べてそう言うと、「給食の味でしょう」と佳織が笑った。

「すみません。今日お肉入ってないんです」

「あ、じゃあこれが入江の言ってた『月末カレー』？」

「やだ、お兄ちゃん、そんな話するのやめてよ」

佳織が恥ずかしそうに唇をとがらせる。顔だけじゃなく仕草までかわいらしい子だ。今さら気づいたが、佳織はさっきのジャージから薄手の白いワンピースに着替えていた。

「けどなんで肉がないと月末カレーなんだ。なんか意味あるの？」

佳織がえっとこちらを見る。入江が小さく吹き出した。

「佳織、これが筋金入りのボンボンというものだ」

入江の言葉に、佳織が「すごいねえ」としみじみうなずく。

「なんだよ。ふたりでうなずきあって」

「おまえ、バイトしたことないだろう」

「な、ないけど」

なんとなく恥ずかしくて声が小さくなった。

「おまえんとこの会社、給料の振り込み日はいつか知っているか？」

「……一日とか？」

もっと声が小さくなり、入江はやれやれと首を振った。

「多くの企業の給料日は二十五日以降の月末だ。つまり月末の給料日前になると庶民の財布はやせ細り、カレーから肉が消えたり副菜が消滅したりするわけだ」

「なるほど」

副菜のない食卓を前にうなずいたあと、そんな説明をさせたことを申し訳なく思った。でもこのカレーうまいよともごもごつぶやいていると、入江は佳織に向き合った。

「佳織、ボンボン狙いはいいとしても見誤るなよ。せめて給料日くらい知っているボンボンにしないと、将来せっかく継いだ会社をつぶして借金抱えて路頭に迷うことになる」

「そうね。いくらなんでもコレは駄目だわ。せっかくお気にのワンピ着たのに」

佳織はそれまで正していた背筋を曲げ、テーブルに頬杖をついた恰好でちらっと横目で蜂谷を見た。その目が入江にそっくりで、蜂谷は思わず身を引いた。

「イケメンだし『蘭々』のボンボンっていうから期待したんだけどなあ。やっぱどんなお花畑が社長でも、つぶれる心配のない老舗《しにせ》を狙うほうがいいのかしら。でも老舗も内情は厳しいらしいし、お姑《しゅうとめ》さんも強そうだしねえ。もう自分の見る目を養うしかないわ」

大和撫子《やまとなでしこ》設定が崩壊している佳織にぽかんとしていると、

「佳織の夢はセレブの嫁になることだ」

と入江が教えてくれた。

「おまえにそっくりな妹だな」

と先ほどの感想をひっくり返すと、佳織がこちらを見てにっこりと笑った。

「悪徳弁護士になるべくがんばってるお兄ちゃんはわたしの理想なんです。わたしもセレブの嫁になって、こんな家さっさと出ていくの。月末のたびにお金の心配しなくちゃいけない生活も、酔っ払いの怒鳴り声で夜中に目が覚める生活ももうたくさん」

「酔っ払い？」

問い返したとき、玄関ドアが開く音がした。

「ちゃんと歩きなさいよ。あんたどんだけ飲んだの！」

「知るかボケェ。酒飲むときに一杯二杯なんて数えて飲む馬鹿がどこにいる」

怒鳴り声と共に、中年の男女が台所に入ってきた。もちろん入江の両親だろう。父親は赤ら顔で全身から酒の匂いを漂わせている。蜂谷は「お邪魔してます」と頭を下げた。

「いらっしゃい。孝之《たかゆき》の友達？」

ぶりぶり怒っていた母親が接客モードな笑顔に切り替えた。

「ごめんねえ。せっかくきてくれたのにこんなんで」

「あ、いえ……」

「お、なんだ。今日はカレーか」

呂律《ろれつ》の回らない口調で、父親が佳織の皿をのぞき込む。佳織は嫌そうに皿をよけた。

「野菜しか入ってねえじゃねえか。そんなしみったれた飯ばっか食ってんじゃねえよ」

「親ならしみったれた飯を子供に食わせていることを申し訳なく思え」

入江がすかさず言い返し、佳織も続く。

「誰のせいであたしたちがしみったれた飯食ってると思ってんのよ」

子供二人に反撃され、父親は隣に立つ母親を見た。

「だそうだ。おまえ、もっとがんばれよ」

「おまえだよ！」

母親を含む家族全員に突っ込まれ、父親はうっと言葉につまった。悔しそうにうつむいたあと、いきなり「うるさい！」とテーブルの調味料をなぎ払った。

「おまえらには思いやりってもんがないのか。ちょっと業績が下がったからって、問答無用でリストラしやがって。俺の心の傷は深いんだ。酒でも飲まないとやってられるか」

「あんたがリストラされたのは十年も前でしょう。いいかげん立ち直りなさい。無職の分際でよくも昼間っから立ち飲みなんかいけるわね。それもツケで」

母親が猛然と言い返す。

「うるせえ、黙ってろ。励まされると余計にプレッシャーになるんだよ」

「励ましの段階なんかもう過ぎてるわよ。今はあきれてんのよ。怒ってんのよ」

すごい夫婦喧嘩がはじまった。驚きすぎて固まっていると、

「気にせず食え。いつものことだ」

と入江が言った。いやいや、こんな騒ぎの中で食えないだろうと思ったが、入江も佳織も平然と食事を続けている。途中で佳織の携帯が震えてメールを知らせた。

「おかわりだって。最近孝《たかし》もよく食べるわね」

「孝って？」

「弟。さっき見たでしょう」

「家の中でメール？」

蜂谷はぎょっとした。

「お父さんがいるときは絶対に部屋から出てこないから」

佳織はこともなげに答えると、おかわりをよそって弟の部屋へいった。登校拒否の引きこもりで、しかしこの騒ぎの中でもおかわりを所望する。引きこもりでも肚《はら》は据わっているのかもしれない。さすが入江の弟というべきか、すごい三兄弟だ。

ふいに静かになったので見ると、父親は床に大の字で転がっていた。だらしなくいびきをかいている姿を見下ろし、母親は「ったく、どうしようもないわね」と台所を出ていった。

――なんか、ひどい親じゃん……。

月末カレーを食べながら、見てはいけないものを見てしまったような気持ちになった。入江の顔を見られない。どうしようと気まずさに耐えていると、ずるずるという音と共に母親が戻ってきた。手に持っているのは布団で、それを寝ている父親にかける。

「お父さん、こんなとこで寝たら起きたとき身体痛くなるわよ」

母親の声が聞こえたのか、父親は布団を抱きしめてくるんと一回転し、器用に寝ながら布団を自分の下に敷いた。その上に母親が夏用のタオルケットをかける。

「お母さんも甘いわね。あんなろくでなし、放っておけばいいのに」

「あきらめろ。割れた鍋にもぴたりと添う蓋がある」

佳織を諭す入江の口調からは、切なさも悪意も感じられなかった。

「お母さん、ご飯食べるでしょう。カレーよそおうか」

佳織が立ち上がった。

「ありがとう。でも先にお味噌汁だけ作っちゃうわ」

「お父さんのなら作ってあるわよ。どうせ酔っぱらって帰ってくると思ってたから」

「やだー、佳織、ありがとう。いつもごめんねえ。酔っぱらって、寝て、起きたら絶対お味噌汁飲みたがるんだからね。ろくでなしのくせに贅沢《ぜいたく》なやつよ」

「具は大根でなくちゃとか注文つけるしね。なに様って感じ」

父親の悪口を言いながらも、佳織と母親はなぜか笑っている。意味がわからない。どう見ても崩壊した家庭なのに、みんな普通に『家族』している。

夕飯のあと、今からコンビニのバイトにいくという入江と連れ立って家を出た。

「驚かせて悪かったな」

「うーん、まあちょっとは驚いたけど。でも嫌な感じはしなかった」

正直に言うと、入江はふっと鼻で笑った。最初は腹が立つ笑い方だと思っていたけれど、これが入江の笑い方なのだと最近わかってきた。

「うちは親父が泣き所だな。あいつさえいなかったら平和なのに」

「けどみんな仲よさそうじゃん」

「そうか？」

「嫌になんねえの？」

聞いてから、デリカシーのない質問だったと後悔したけれど、

「そりゃあ嫌になる。でも家族だからしかたない」

入江はいつもと同じように淡々と言った。

「……そっか」

蜂谷は建物の向こうの山並みを見ながらうなずいた。

「うん、そうだな。家族だもんなあ」

入江の『しかたない』という言葉にはたくさんの意味がつまっている。良いものも悪いもの

もごちゃまぜで、それでも澱《よど》みを感じないのがすごいと思う。

「おまえが鬼みたいにバイトしてんのは家計助けるためなの？」

「まあそうだな」

入江は夏独特の明るい夜空を見上げた。

「うちは見てのとおりあんなのだ。親父は無職な上に昼間からツケで酒を飲むし、家計は母親が小さい会社の事務をして支えてる。俺の下には佳織と孝がいるし、今のところ俺を大学にやる余裕なんてカレーに入れる肉の欠片《かけら》ほどもない」

えっと蜂谷は隣を見た。

「おまえみたいなやつが大学いかなくて誰がいくんだよ」

「だからバイトをしてる」

蜂谷はぽかんと開けた。

「……大学いくためにバイトしてんの？」

「そうだ」

迷いなく返された答えに、なんだかショックを受けた。

大学にいくための学費を自分で稼ぐ。世の中にそういう『恵まれない子供』がいることは知っていた。でもなんとなく自分がいる世界とはちがう、ぼやっとかすんだ灰色のベール越しに見る別世界みたいに感じていた。『知っている』ただそれだけ。

自分は、今、その別世界と並んで歩いている。でも入江は断じて別世界ではなく、この何ヶ月か言葉を交わし、向かい合って勉強を教えてもらい、食事を共にした友人だ。

——ああ、俺ってすごい世間知らずなんだ……。

伏せた視界に十五万円のバーディが映る。金額を聞いたとき、入江の横顔には感心と少しの軽蔑が差していた。ひどく居心地が悪くて、ごまかすための話題を焦ってさがした。

「か、金、貯まりそう?」

ああ、全然ごまかせてない。それどころか余計なお世話すぎる質問だと後悔したけれど、入江は特に気にした様子はなく、無理だろうなと簡単に答えた。

「中学のころから年齢ごまかしていろんなバイトをした。一番稼げるのは家庭教師だが、それでも足りない。途中で親父の作った借金返済に貯金全部持ってかれたのがきつかった」

——どんだけ苛酷な青春なんだ。

「で、でも奨学金ってのがあるんだろう。あれもらえたらタダで大学いけるんだろう?」

我ながらナイスアイデアだと思ったが——。

「奨学金は貸してくれるだけで、借りたものは返すのが筋だ。奨学金というと善意っぽいが、あれは普通に借金だ。返済が遅れたら督促がくるし、三ヶ月以上の滞納で個人信用情報機関に滞納の旨を登録され、最後はブラックリストに載る」

「ブラックリスト?」

奨学金という言葉との落差にぎょっとした。

「そんな物騒なことにはならないと日本学生支援機構は言っているが、滞納が続くと回収業務は民間企業に委託される。その時点で情報が流れると覚悟するのが現実的だ。最終的には裁判所を通して差し押さえ通知がくる」

「それって家の中のもの持ってかれるのか？」

「そうだ。大学卒業時には約四百万の借金を背負うことになり、順調に返せればいいが、そうでない場合、女子だと返済のために水商売や風俗で働くこともある。真面目な人間ほど責任感も強い。返済猶予制度はあるが、それでも駄目で自己破産するやつもいる。しかし自己破産をしても連帯保証人に請求がいくし、本人死亡の場合も同じだ。奨学金は一般の借金となんら変わりない。そのくせ学生を奨励する金という字を当てるところにまやかしを感じる」

入江は淡々と語り、蜂谷の方が慌てふためいた。

「お、おまえ、そんなの借りちゃ駄目だぞ。もしどうしても借りることになって、でも身体とか壊して働けなくなったら俺に相談しろよな。できる範囲で力になるから」

するとと入江はこちらを見た。

「力になる？」

「ああ、友達だから」

そういう蜂谷を、入江はいつになく真剣な顔で見つめた。友情の架け橋がかかっていくのを感じていたのだが、入江は徐々に般若《はんにゃ》の面みたいな顔になっていく。

「おまえは、どこまで甘ちゃんのボンボンだ」

「え?」

「そういうことを軽々しく言うな。世の中にはおまえが思うよりずっと悪人が多いんだ。善意を悪意で返されて泣きを見るなんて日常茶飯事なんだぞ。心と財布のひもはいつも引きしめておけ。でないと口のうまいやつにくるくる丸め込まれて、いつの間にか連帯保証人の判をつかされて、気づけば会社倒産の憂き目にあうぞ」

「おまえが予想する俺の未来は、いつも最後は倒産だな」

「おまえのアホさは心配になるレベルなんだ」

「うわ、アホって言った。友情を示した友達にアホって」

「友情を感じているなら、家庭教師の時給をアップしてくれ」

「財布のひもは引きしめろって、さっき言ったことと矛盾してんぞ」

「矛盾はない。なぜなら、俺はおまえをだまさないからだ」

真顔で言い切られ、思わずどきりとした。眼鏡バージョンでダサダサな商店街の名前入りTシャツを着ているが、入江は顔の造作自体はまあまあ整っている。しかもダサい眼鏡を外すと途端に目つきが悪くなり、蜂谷好みのワイルド系に変化するからタチが悪い。

「ちがう。俺はおまえに関しては当然の要求しかしていない」

妙などきどきをこらえていると、入江が続けた。

「え？」

「労働の対価として給料がアップすることと、なんの理由もなく金をまきあげるのとは根本がちがう。ケツから数えたほうが早い成績のおまえを、一ヶ月という短期間で中の中まで押し上げることがどれほど困難なことだったかわかるか。さらには花畑なおまえに勉学の喜びを植えつけた。これは時給分以上の働きだ。つまり賃上げ要求は当然の権利だろう」

ささやかなどきどきも木端微塵《こっぱみじん》になる言い草だった。

「難波《なにわ》のあきんど並みのシビアさだな。けど、だったらなるべく早く就職して金稼いだほうが早くないか。大学のあとにまだいろいろやんなきゃなんない弁護士って大変じゃね？」

なんとなくそう言ってみたが――。

「中学のとき、帰ったら家の中がすっからかんになっていた」

「はい？」

いきなりなんの話かと首をかしげた。

「親父が作った借金のカタに、家財一式洗いざらい持っていかれたんだ。持っていく必要のない家族のアルバムまでな。完全なる嫌がらせだ。それからもチマチマ返済し続け、計算したら最初に借りた金額なんてとっくに越している。法律事務所に相談にいけと言っているのに、母親は忙しくて時間がない。親父はあのざまだ。俺がなんとかしようにも、未成年でタッチできない。だいたい人生なんてもんはトラブルとワンセットだということを、俺は自分の育った環境から学び取った。なにか問題が起きるたび、弁護士に相談して高い金をふんだくられるのは無駄の極みだ。結果、俺が弁護士になればいいという結論に至った」

「……なるほど」

立て板に水のような説明を聞きながら、自分の知らない世界を垣間見た気分だった。しかし弁護士になるための学資はどうするんだろうと、最初の心配に戻ってしまった。

「目標は定まっている。問題はそこにたどりつくまでの手段だ。それをクリアするために志望大学はトップの成績での合格を狙っている。それなら確実に奨学金を受けられる」

「え、でも奨学金って借金と同じなんだろう？」

「さっき言ったのとは別に、各大学や民間団体が設けている成績優秀者に対する返還免除の奨学金だ」

「返さなくてもいいのか？」

「ああ。俺の志望大学では、入試で上位三人くらいが対象になっている」

それはあまりに狭き門に思えた。

「ちなみにどこ目指してんの？」

返ってきた答えは蜂谷でも知っている難関大学だった。そこで上位三人を目指すなんて無茶すぎるだろうと目が点になったが、入江は淡々とした態度を崩さない。

——あー……、こいつマジでやるつもりなんだ。夢とかじゃないんだ。

叶うかな。

叶わないかな。

叶ったらいいなあ。

そんなふわふわしたものじゃなく、入江はそれを確実に勝ち取ろうとしている。入江が通学中でも参考書を読んでいるという噂を聞いたとき、すごいなあと感心三、そこまでしなくてもとあきれ七で肩をすくめる自分がいた。年齢を偽って詐欺同然で自分の家庭教師になったときも、なんでそこまでと理解できない部分もあった。けれど今ならわかる。

バイトも、勉強も、入江は死に物狂いなのだ。

自分が普通に与えられていることを勝ち取るために。

さっき感じたショックはもっと大きくふくらんで、十五万円のバーディを押している自分がとてつもなく恥ずかしくなった。この自転車は恰好いい。でも自分は恰好よくない。

自分が育った環境を恥じているわけじゃないし、自分は親を好きだし、尊敬もしているけれど、なんだかうまく説明できない、初めて経験する類《たぐい》の衝撃だった。

「俺はこっちだから、じゃあな」

「あ、うん」

途中で入江と別れた。ダサいTシャツの後ろ姿が夕闇にとけて見えなくなるまで、蜂谷はずっと入江を見送っていた。

夕飯を食べたあと、花沢《はなざわ》の記事が載っている陸上雑誌が発売しているのを思い出して本屋へいった。取り置きしてもらっていたのを買い受ける。地元には花沢ガールズと呼ばれる花沢のファンが山盛りいて、取り置きをしないと一冊残らずかっさらわれてしまうのだ。

本屋を出てから、入江がバイトをしているコンビニがすぐそこなのを思い出した。

先日以来、なんとなく入江のことが気にかかる。

この気持ちはなんだろう。わからないまま、自転車のハンドルはすでにコンビニへと向いている。今夜、入江がバイトに入っているかわからないし、別に入江なんか関係なく、ただ暑いからアイスを買いにいくのだ――と自分に言い訳をしながらコンビニを目指した。

妙に緊張しながら自動ドアをくぐると、カウンターの中に入江が立っていた。どきっとして立ち止まると、入江がこちらを向いた。

「おお、花畑。なにか用か」

「それがお客さまに対する態度か」

「いらっしゃいませ。チキンがあと五分で廃棄になるから買ってくださいませ」

「絶対やだ」

十秒でいつもの調子に戻った。

「良太郎《りようたろう》が出てる雑誌買ってきたんだよ。見る？」

「いい」

「ほら、ここ。すごいよな。まだ高校生なのに四ページもインタビューされてんだぞ」

「俺はいいと言ってるんだが」

面倒くさそうな入江を無視し、蜂谷はレジのカウンターに雑誌を広げて見せた。

「ほら、ここでも。K大の監督曰く『花沢の走りは天性のもの』、『高校生とは思えない大胆さと粘り強さ』、『今もっとも注目している選手のひとり』だって。K大って正月の箱根《はこね》駅伝に毎年出るとこだろう。そんなとこの監督が良太郎のこと褒めてんだぞ。すごいよな」

興奮していると客がやってきたので慌ててどいた。L字形になっているカウンターの短いほうに回り、そこで記事の続きを読んだ。花沢は恥ずかしいから読まないでいいと言うが、幼馴染みの晴れ姿はちゃんと見たいし応援もしたい。

「おまえはおもしろいやつだな」

顔を上げると、接客を終えた入江が正面に立っていた。

「華やかな友人に嫉妬したりしないのか」

「なんで？　良太郎はガキんときからの友達なのに」

首をかしげると、入江はふっと笑い、カウンターのショーケースから取り出していた唐揚げチキンをひとつ蜂谷に渡した。くれるらしい。サンキュウと言いかけてハッとした。

「これ廃棄のチキンじゃないのか？」

「嫌なら返せ」

「やだ。いただきます」

ぱくりと口に入れる。うまーいと笑うと、入江が珍しく吹き出した。

「なにがおかしいんだよ」

「いや、別に」

というわりに目が笑っている。むっとチキンを食べていると、バックヤードから店長らしき男が出てきて、菓子棚の前にたむろしていた中学生の男子たちに声をかけた。

「きみたち、鞄《かばん》の中のもの出してくれる？」

店長の言葉に、中学生たちは一斉に出口へと駆け出した。途中でひとりが転んでしまい、店長がその子をつかまえている間に他の中学生たちは逃げていった。

「ご、ごめんなさい。でも、俺、やってない」

「じゃあこれはなんなんだ」

中学生の鞄のサイドポケットからは店の商品がはみ出ていた。

「こ、これはあいつらが勝手に入れて……っ」

「はいはい。言い訳は裏で聞くよ」

まだ二十代後半くらいの若い店長が中学生をバックヤードに引っ張っていこうとするが、ちょうど団体の客が入ってきた。ふたりでさばかないとレジが大行列になりそうだった。

「蜂谷、悪いがその子と一緒にバックヤードにいてくれ」

入江に言われ、「え、俺?」と驚いた。

「店長、そいつは俺の知り合いです。『蘭々』の息子で身元は確かなんで」

「ああ、そう。えーっと、じゃあ悪いけど頼むよ。逃がさないでね」

「え、でも」

と言っている間に中学生を押しつけられ、ふたりはレジに入ってしまった。

「……じゃあ、とりあえず裏いこっか」

気まずさ全開で、蜂谷は中学生と連れ立ってバックヤードに入った。

パソコンデスク近くの椅子《いす》に並んで座ったが、中学生は今にも首がもげそうなほどうなだれていて、けっして蜂谷と目を合わせようとしない。沈黙の重さに耐えていると、客をさばき終えたふたりが入ってきた。店長が中学生の前に腰かける。

「じゃあ、名前と家の電話番号を教えて」

「家に電話するんですか?」

中学生はびくりと顔を上げた。

「当たり前だろ。警察にも電話するよ」

「……警察？」

中学生が泣きそうに顔を歪《ゆが》める、厳しさに蜂谷は驚き、入江もわずかに眉を動かした。

「いきなり警察ですか？」

入江が問う。店長は苦いものを噛んだように顔をしかめた。

「万引きは即警察に連絡しろって本部に言われてるんだよ。最近被害がでかくて」

「でも俺本当にやってないんです。あいつらに盾《たて》になれって言われて……」

「でも、きみの鞄の中にお菓子が入ってただろう」

「だから入れられたんだってば」

「じゃあ、さっきの連中の連絡先教えて。警察から話を聞いてもらうから」

店長の言葉に、中学生は絶望的な表情を浮かべ、ふたたびうなだれてしまった。

警察に引き渡したら、自動的に親にも学校にも連絡がいく。中学生なんて学校と家が世界のすべてだし、両方つぶされるとかなりつらい。それになんとなく、この子は嘘を言っていない気がする。けれど『気がする』だけで、店員でもない自分が口をはさむことはできなかった。

「はい、名前と家の番号教えて」

しかし中学生はうつむいたまま貝のように口を閉ざす。店長は溜息をついた。

「じゃあ、先に警察に電話するよ」

店長が電話に手を伸ばし、蜂谷は思わず口を開きかけた。

「待ってください」

蜂谷よりも先に、入江が強い口調で店長を止めた。

「店長、十分、いや五分時間をください」

入江は床に片膝をつき、うつむいている中学生よりも視線を低くした。

「おまえ、いじめられてるのか？」

ストレートな質問に、蜂谷と店長はえっと目を見開いた。

中学生はなにも答えない。けれどよく見ると、膝に置いた手が小刻みに震えている。少しずつ震えは大きくなって、ひっと引きつった声と一緒に大きく肩が揺れた。

「……だ、誰もちゃんと話聞いてくれないし」

「俺が、今、聞いている」

中学生はゆっくりと顔を上げた。目の縁に涙が盛り上がっている。

「……あ、あいつら友達のふりするから、みんな俺とあいつらは仲がいいって思ってる。でも本当は小遣い取られたり、休み時間のたびに芸しろって変な踊りさせられたり、それを動画に撮って仲間内で回されたり、今日みたいに万引きするときの盾にされたり」

「親や先生には相談したか？」

「親には言いたくない。いじめられてるなんて恰好悪い」

「先生には？」

「生活記録ノートに書いたけど、『早く仲直りしなさいね』って書かれてた」

中学生の目から、盛り上がってあふれた涙が頬を伝ってぼたぼた落ちた。

「……俺、もう死にたい」

蜂谷と店長はぎょっとした。

「なに言ってるんだ。死ぬなんてそんな馬鹿なこと」

店長の言葉に、中学生は激しく頭を振った。

「だって誰も助けてくれない！　生きてたって楽しいことなんかなにもない！」

「いやいや、そんなことないよ。中学なんて三年間で卒業なんだから、そしたらその連中とも縁が切れる。その前にクラス替えもあるし、長くてもあと半年で――」

店長の言葉は、「嫌だ！」という絶叫でかき消された。

「もう明日学校いくの嫌なんだよお。もう無理なんだよお。もう今日死にたいんだよお」

中学生は堰《せき》が切れたように、声を上げて泣き出してしまった。

今夜一晩がもう耐えられない。切羽詰まりすぎている中学生に、どんな言葉をかけていいのかわからない。唯一の大人である店長はおろおろと視線をさまよわせている。

「おまえ、本当に死にたいのか？」

入江が冷静に問い、中学生は勢いよくうなずいた。

「い、遺書を書くんだ。あいつらの名前全部書いて、そしたら、そしたら……っ」

中学生が呼吸をつまらせる。入江は大きくうなずいた。

「大騒ぎになるだろうな。テレビやインターネットで騒ぎになって、おまえをいじめた連中はひどい目に遭う。ツイッターで顔や実名がさらされて、人殺しと責められて、学校も転校する羽目になるかもしれない。連中はおまえをいじめたことを後悔するはずだ」

中学生は泣き笑いでうなずいた。

「そ、そうだよ。あいつらに思い知らせてやるんだ」

「しかし残念だが、世間はすぐにおまえのことを忘れるぞ」

「………え」

中学生は泣き笑いのままきょとんとした。

「いじめで中学生が自殺。確かにセンセーショナルだが、日本全国、一日でどれだけの事件が起きると思う。テレビやネットで大きく注目されるのはせいぜい十日ほどで、次々に起きる事件の波に押し流されて、おまえの名前も、おまえをいじめた連中の名前も忘れ去られる。おまえが命を懸けて買える時間は十日間、つまり二百四十時間だ」

「……二百…四十時間?」

「おまえをいじめた連中も同じだ。世間から糾弾されて、一時はつらい立場に追い込まれるだろう。みんなから白い目で見られ、自分のしたことを後悔もするだろう。けれど大方の人間は何年も何十年も悔恨に苦しめるほど強くない。おまえがあと半年のクラス替えを待てないのと同じように、長く苦しみに耐えられるようにはできていない。世間が二百四十時間でおまえの死を忘れるように、その連中もおまえを忘れる。転校するか引っ越しするか、とにかく中学を卒業し、高校に入学し、大学に進学し、社会に出て、結婚するかしないか、子供ができるかできないか、そこまではわからないが、ひとつ言えることは、そのころには連中の心の中でおまえの死は終わったことになっている。でも、おまえを忘れない人たちもいる」

「………誰？」

「おまえの家族だ」

中学生の顔がこわばった。

「世間やいじめっ子が忘れても、おまえの家族はおまえのことを忘れない。あのときもっと気をつけてあの子を見ていれば、あの子は死ななかったんじゃないだろうか、あの子を死なせたのは自分ではないだろうかと自分を責め続ける。おまえが一矢報いたい相手がおまえのことを忘れてのうのうと生きている間、おまえを愛した人たちはずっとおまえを忘れずに、ずっと自分を責め続けて、ずっと苦しい思いをして生きていく。それでも死にたいか」

「……そ、そんな、わかんないよ。そんなこと……」

震え声でつぶやくと、中学生は立ち上がって足をだんっと床に叩《たた》きつけた。

「そんなの俺だってわかってるよ！　でももう嫌なんだ！　嫌なんだ！　嫌なんだよ！」

うわああっとバックヤード中に泣き声が響いた。

「入江、ちょっと言いすぎ。こいつ今いっぱいいっぱいなんだよ」

思わず割って入ると、入江は唐突に着ていたコンビニのユニフォームを脱ぎ、蜂谷に差し出した。条件反射で受け取ると、入江は店長に向き合った。

「店長、俺はこいつを家まで送ってきます」

「送る？」

「いくら本部からの指示でも、今警察に引き渡したら、こいつは死ぬかもしれません。そして遺書の中にこのコンビニと店長の向井明《むかいあきら》、向井明という名前が明記されるかもしれません」

「いや、今、きみが俺のフルネームをばらしたよね。しかも二回も」

青ざめる店長を無視して入江は続ける。

「そうならないためにも、俺がこいつを責任もって家まで送り届けます。俺が抜けている間はそっちのイケメンが代わりに仕事をしますから。ちょっと花畑ですけど『蘭々』の二代目なんで、なにか損害を出しても請求先ははっきりしてます」

「ちょっと待て。俺、バイトしたことないんだけど」

蜂谷が抗議する間にも入江はロッカーから自分の鞄を取り出した。そして「さ、帰るぞ」と泣いている少年の肩を裏口へと押しだした。こっちの抗議など聞いちゃいない。

「い、いじめられてること、お母さんには言わないで」

「俺はそんな無駄なことはしない。それよりもっと有意義な話をしよう」

「……なに？」

中学生だけでなく、蜂谷と店長も聞き耳を立てた。

――今夜死にたいと泣いている中学生に、一体どんな有意義な話を？

「復讐《ふくしゅう》だ」

短い沈黙が生まれた。

「ふ、復讐？」

問う中学生に、入江はにやりと暗黒の笑みを浮かべた。

「命を懸けて二百四十時間の短い祭りを開催するより、まずはおまえをいじめた連中の個人情報を調べ上げるんだ。次にその個人情報を検証し、どういう手段を用いれば相手に一番ダメージを与えられるか復讐方法を選択する。その場合、おまえが味わった苦しみに三割上乗せすることを忘れるな。借金だって利子がつく。それと同じだ。適切な復讐方法を選定したら、あとは実行スイッチを押すだけだ。どうだ。有意義だし楽しいだろう」

ふっふっふっと入江は黒い胞子をあたりに飛び散らせる。おい、やめろ。ピュアでナイーブな中学生をそんな歪んだ計画に引き込むな。そう言おうとしたとき、

「……楽しい」

中学生がぽつりとつぶやいた。

「……俺、あいつらに復讐したい」

「復讐の段階でおまえ自身が傷つく危険性もあるが、その覚悟があるか」

「ある。どうせこのままでも屋上から飛び降りるしかないんだ」

強い目で言い返す中学生に、入江はうなずいた。

「よし、じゃあ帰り道で計画を練るぞ」

「はい、よろしくお願いします」

中学生は慌てて頭を下げ、えらそうにうなずく入江と一緒に帰っていった。

呆然《ぼうぜん》とふたりを見送っていると、店長が不安そうにこちらを向いた。

「ねえ、あれでいいの？」

「いや、俺に聞かれても」

蜂谷は首をかしげた。

「入江くんは、お父さんがなにかの教祖なの？」

無職の呑兵衛《のんべえ》だよと内心答えたとき、表でピロリロンと音が鳴った。客がきたのだ。

「ああ、えっと、じゃあ『蘭々』くん、ユニフォームに着替えて店でてください」

「『蘭々』は店の名前で、俺は蜂谷です」

「じゃあ蜂谷くん、悪いけど急いで」

「あ、はい」

素直にうなずいてしまい、ハッと我に返った。どうして自分がバイトをすることになっているんだ。しかしすでに入江はいない。しかたないのでユニフォームに着替えて店に出た。とりあえずレジの打ち方だけを教えてもらい、いらっしゃいませ、ありがとうございましたを繰り返しながら、頭の中ではずっと店長の問いがくるくる回っていた。

——ねえ、あれでいいの？

いいわけないだろう。復讐なんて褒められた手段じゃない。やられたらやり返す。そんなことしても無限に続く不幸ループに身を投げ入れるだけで、根本的な解決にはならない。

という正しいことをあの中学生に言えるかというと、自分は言えない。

人間はほんのチビのころから、たいした理由もなく他人をいじめる生き物だ。実家がラーメン屋というだけでラーメンマンと呼ばれてからかわれ続けた魔の期間。世間的に見れば深刻ではない軽度のいじめだったけれど、思い出すと今でも嫌な気持ちになる。

もし自分があの中学生だとして、復讐なんて根本的な解決にはならない、希望を捨てず未来に目を向けろなんて言われたら、ふざけんなよと切れたくなるんじゃないだろうか。

やられている側からしたら、正しいとか正しくないなんてどうでもよくて、ただただ、今すぐ、助けてほしいだけなのだ。そういえば自分もラーメンマン時代、店なんか燃えてしまえばいいと思ったことがあったっけ。

入江の復讐論は、まったくもって正しくない。

結果重視で、目的のためなら手段を選ばない汚さもある。

けれど死にたいと泣きじゃくった中学生を思いとどまらせたのは、まったく正しくなく、手段を選ばない入江だった。帰り際、中学生の頬にはわずかな赤みが差していた。

なんだか、正しさってなんだろうと思ってしまう。

中学生相手に復讐計画なんて言い出すめちゃくちゃな男だが、入江が弁護士になったら救われる人間は意外と多いかもしれない。いや、にしても復讐はちょっとなあ。

杏仁豆腐《あんにん》、サンドイッチ、インスタントラーメン、ビール。覚えたばかりのレジ作業をしながら、頭の中はずっと入江のことを考えている。

全然好みじゃない変人のダサ眼鏡。

なのに、そんな男がなぜか心の真ん中に居座りつつある。


「えっ、自殺ってやばいじゃない」

花沢が化粧水を顔にはたきながら、怯《おび》えたように肩をすくめた。ポーズだけは乙女だが、毎日の練習で日に焼けまくり、花沢は小麦色を通り越したかりんとう色になっている。

「だろ。もう死ぬって泣きだされたときは俺も店長も固まったぞ」

蜂谷は等身大のショッキングピンクの熊のぬいぐるみを抱きしめ、淡いピンクの水玉模様の毛足の長いラグに寝転んだ。こんな乙女乙女しいインテリアの部屋を見て、花沢の親はなんとも思わないんだろうかといつも不思議になるが、まあ今のところ平和を保っている。

「けど孝之って良くも悪くも強烈ね。暗黒王子と呼びたいわ」

「絶対正しくないのに、まちがってると言い切れないとこがタチが悪いよな」

「復讐ってなにするのかしら」

「覆面かぶって後ろからバットで殴るとか？」

「ちょっとイメージじゃないわね。孝之はもっと暗い方向に走るんじゃないかしら」

「暗い方向？」

「毒殺とか」

「もう犯罪じゃねえか」

「個人情報とか言ってる時点で犯罪だってば。そもそも身分詐称も朝飯前の男だし、やるって言ったらとことんやりそうじゃない。レオレオ、孝之止めたほうがいいんじゃない？」

「んー……」

蜂谷はピンクの熊を抱きしめ、ラグに寝転んで顔をしかめた。

「あいつならうまく収めそうな気もするんだけど」

「レオレオってほんとお人好しね。自分だって最初に脅迫されたのに」

「まあ俺も最初はひどいやつだって思った。でも、あいつはあいつなりにがんばってるんだよ。それによく考えたら、俺、なんにも嫌な目に遭ってないんだよな」

下から数えたほうが早かった成績は今では中の上まで上がり、勉強すること自体がずっと楽しくなった。口も態度も悪いけれど、入江は自分がやるべきことにけっして手を抜かない。家庭環境のこともあり、すべてひっくるめて死に物狂いだ。

「あいつと知り合ってから、俺、いろいろよくわかんないことが増えたんだ」

「どういうこと？」

「なんか……、今まで自分が信じてたことっていうか、意識もしないで当たり前って思ってたことが、実は全然当たり前じゃなかったこととか。成績が上がった褒美に十五万のドイツ製の自転車買ってもらえることって、とんでもなく恵まれてるんだなって改めてわかって、なんとなく自分が恥ずかしいっていうか、悪いことしてるような気にもなったり」

「それはちがうんじゃない？　みんな家を選んで生まれてきてるわけじゃないし、金持ちの家に生まれたからって、そうじゃない人に申し訳なく思うって逆にやな感じする」

「……うん、だよな。でも申し訳ないだけじゃなくて」

蜂谷はピンクの熊をぎゅっと抱きしめた。

「あいつがやってることって正しくないし、良いのか悪いのかよくわかんないけど、あいつなりに筋は通してて、なんかそういうのちょっと恰好いいなあと思ったり」

話している途中、花沢がじっとこちらを見ているのに気づいた。

「なんだよ」

問うと、花沢はおかしな笑みを浮かべた。

「レオレオ、もしかして孝之のこと好きになっちゃったんじゃない？」

　蜂谷は目を見開いた。

「はい？　俺が入江を好き？　あんな常識と非常識スレスレ、いや、すでに非常識に一歩踏み出してるあいつを好き？　それはない。ありえない。ないない。絶対ない」

「でも恰好いいって言ったじゃない」

「そういう意味じゃないから」

「顔、真っ赤よ？」

　花沢が手鏡をこちらに向ける。映った自分の顔は本当に赤かった。

「それによく考えたら、孝之ってレオレオの理想のタイプにかぶってるし」

「どこが？」

「レオレオの好みって、ちょっとワイルドで悪い感じがする男でしょう」

「ダサ眼鏡のどこがワイルドなんだよ」

「眼鏡外したら、すっごい目つき悪いワイルド系じゃない」

「どっちかというとチンピラ系だろ」

「それに見た目は怖そうだけど中身は情に厚いだっけ？　自殺したいって泣く中学生を勇気づけたんだから、そこもちゃんとクリアしてるじゃない」

「勇気づけたというか、復讐を勧めたんだぞ」

「あとなんだっけ。弱きを助け強きを挫《くじ》き、寡黙で、自慢話をしないだっけ」

「あいつは弁護士志望だけあって必要とあらば死ぬほどしゃべるぞ。クリアしてるのは眼鏡外したら悪い顔になることと、手段はともかく情に厚いところと、自慢話をしないことと、よく働くことと、家族を大事にしてることと、身長が俺よりも高いくらいだ」

「ほぼ完璧じゃない？」

「…………」

言い返せず、蜂谷は愕然《がくぜん》とした。本当だ。指摘されるまで気づかなかったが、言われてみれば、入江は自分の理想の条件にかなり一致している。

「レオレオ、もう認めなさいよ」

花沢がにやにやと迫ってくる。

「いや、そ、そりゃあ条件は一致してる。それは認める。けど全体像として見たとき、まったく理想とかけ離れてるんだぞ。パーツはそろってるのに、なんで組み上げるとたんぽぽ商店街の名前入りTシャツ着て中坊に復讐勧める暗黒ダサ眼鏡になるんだ」

「不思議ね。でも恋ってそういうものじゃない？」

蜂谷はこらえきれずにうわーっと声を上げた。

「ない、ない、まじないから！」

ピンクの熊のぬいぐるみを抱きしめ、蜂谷はラグを転がり回った。

「もうあきらめなさいよ」

ラグにうつ伏せている蜂谷の上に、花沢がのしかかってくる。

「レオレオは、孝之が、好きなんでしょ？」

花沢、蜂谷、熊のぬいぐるみ。親子亀みたいな三段重ねの上から問われ、蜂谷は歯を食いしばった。ううーっとうめき声をもらし、しかし徐々に力が抜けていく。

「………………か、かもしれない」

「聞こえないわよ。もっと大きな声でちゃんと言って」

「……す、好きかもしれない」

絞り出すようにつぶやくと、きゃーっと背中で嬌声《きょうせい》が上がった。

「いやーん、レオレオ、あたし応援するわあ」

「しなくていい！」

「駄目。もう全力で応援する。孝之はちょっと変わってるけど、同じゲイのタチとネコなんだからつき合える可能性はめちゃくちゃ高いわよ」

「そ、そうかな」

つき合うという言葉にどきりとした。

「そうよ。レオレオは美人なんだから自信もって」

「けど、あいつ俺のことお馬鹿な花畑扱いするぞ」

「馬鹿な子ほどかわいいって言うじゃない」

「そうかな」

「そうよ。そうと決まったら全力で孝之を陥落させる計画を立てましょう。あ、この化粧水すごくいいから使ってみて。夏はお肌の調子が崩れやすいからちゃんとケアしないとね」

「おう、頼む」

よくわからない乙女テンションに押され、ぴちゃぴちゃと化粧水をはたかれながら、ふと気づいた。「ん?」と首をかしげると、花沢がどうしたのと聞いてくる。

「なあ、俺と入江って友達だよな」

「うん。あんたたちの会話のノリ好きよ。息ぴったりの漫才コンビみたい」

「友達に告白して、ふられたらどうなんのかな」

問うと、化粧水をはたく花沢の手が止まった。

「……それは、すごく気まずいし、もしかしたら友達じゃなくなるかも」

急に花沢のテンションが落ちた。

「それ、かなり痛くないか?」

「……痛いかも」

お互い顔を見合わせた。謎の乙女テンションにのせられて自分の気持ちを自覚してしまったが、よく考えなくても友達を好きになるってかなり切ないことだ。

「……どうしよ、やばい。これ告白とか絶対できないコースだ」

情けない顔で訴えると、花沢が大丈夫と蜂谷の頬を両手ではさんだ。

「ちょっとコース的には難度高いけど無理じゃないわ。恋はマラソンと同じ。最初からガンガン飛ばして勢いでゴールテープを切るか、体力温存で様子を見ながらここぞというときに勝負をかけるか。要所要所の駆け引きも大事よ。あたし全力で相談にのるわ」

「……うん、サンキュ」

頬をはさまれたままうなずいた。花沢の励ましを心強く感じつつも、気づいた途端にどん詰まりという、ひどい恋のスタートを切ってしまったことに泣きたくなった。


夏休みも中盤にさしかかり、蜂谷は花沢の買い物につき合って駅前にきていた。

「あー、やっと少しゆっくりできるわ」

両手いっぱい洋服を買いまくったあと、花沢お気に入りの隠れ家カフェの椅子にくったりともたれかかり、おつかれさんと水のグラスを合わせた。花沢はインターハイ一万メートルで高校生歴代ベスト3に迫る記録を作った。地元の祝勝会やマスコミの取材を一通りこなして、ようやく遅い夏休みを満喫しているのだ。

「あたし、すみれの砂糖漬けパンケーキにする」

「えーっと、じゃあ俺は……」

メニューを見たが、『湖水のサマープディング』とか『秋の木漏れ日クルミケーキ』などあまり食欲をそそられない。花沢お気に入りの店はほぼこんな感じだ。

「カツカレーにしろ」

ふいに声をかけられ、振り向くと入江が立っていてぎょっとした。ちょうど店員が注文を聞きにきて、入江がカツカレー四つ、三つは大盛りでひとつは普通と頼んだ。

「えー、孝之なんでここにいるの。孝之もこういうお店が趣味なの？」

固まっている蜂谷を尻目に、花沢が嬉《うれ》しそうに話しかける。

「趣味とはまったく関係ない。学《まなぶ》の母親がやっている店で、タダだからきているだけだ」

「学？」

入江は後ろにかくれていた男の子を前に押し出した。先日の中学生だった。

「あ、あの、陸上の花沢良太郎さんですか？」

おずおずと問われて、花沢は瞬時にイケメンの仮面を装着した。

「ああ、そうだよ。初めまして。孝之の友達？」

低い声とさわやかな笑顔。学は緊張気味に花沢に握手を求めた。ON／OFF切り替え抜群な幼馴染みを横目に、蜂谷は入江を意識しまくっていた。やばい。どきどきしている。

「おまえ、なんでこんなとこにいるんだよ」

どきどきをかくすため、怒ったような問い方になった。

「だから言っただろう。ここは学の母親が経営している店で、俺は先日の件をきっかけに学の家庭教師をすることになった。時給とは別にタダで飯を食えるからきているが、女子向けのメニューしかないから裏メニューで普通の飯を作ってもらっている」

それがカツカレーらしい。相変わらず無駄のない説明だが——。

「いきなり家庭教師ってどういう展開だよ。復讐はやめたのか?」

「第一段階は終わった。今は第二段階に突入している」

入江たちはすぐ隣のテーブルに腰を下ろした。

「『学をいじめている連中を、磨き抜かれた革靴で踏みつぶせるほどの人生の勝利者になるため、まずは連中が逆立ちしても入れない偏差値の高い高校に入るプロジェクト〜二十年後の同窓会で生活レベルの差を知って口惜しさのあまり奥歯をすりへらすがいい』大作戦だ」

「なげーよ」

突っ込んだときにはいつもの調子に戻っていた。

「ふうん。でもまあそのためにおまえが家庭教師してるのか」

「そうだ。今日もこれから二時間みっちり復讐だ」

「勉強だろ?」

「勉強という名の復讐だ」

と入江は言っているが、意外にもまともなやり方に安堵《あんど》した。作戦名はともかく、未来に希望を持ってがんばれているのだから自殺の心配はない。

「その前の第一段階はなにをしたんだ？」

問うと、入江はどうでもよさそうに水を飲んだ。

「たいしたことじゃない。いじめをしている連中のリーダー格が惚れている女子を調べ、そいつの名前で超変態ラブレターを送り、怒りの女子軍団に取り囲まれているところをビデオ撮影し、『変態野郎』『今すぐ死ね』と女子たちから罵倒《ばとう》されている映像にラブレターの文章を重ね、それを動画サイトにアップする、それが嫌ならいじめをやめろと脅しただけだ。ちなみに文章を一部抜粋すると『僕は愛するきみを穢《けが》す想像をして毎晩自慰に精を出しています。きみを拉《ら》致《ち》監禁し、その日のために買いこんだ荒縄できみを亀甲の形に縛り上げ、淫《みだ》らに足を開かされた格好で許してとすすり泣くきみの〇〇〇〇に僕の熱く滾《たぎ》った〇〇〇を――』」

「わああああああああ、もういい。それ以上言うな！」

すごくたいしたことある内容に、蜂谷と花沢はドン引きした。

「孝之、それひどすぎるわ。文章がもう三文エロ小説じゃない」

花沢も思わず素の乙女に戻って震え上がっている。

「そうだぞ。偽ラブレターで好きな女子にふられる現場を盗撮なんて卑怯《ひきょう》すぎる」

「卑怯？」

入江がぴくりと片眉を動かし、ゆっくりと眼鏡を外した。

――あ、怒った。

同じタイミングでカツカレーがやってきた。

入江はスプーンを水のグラスにつけ、それからカレーを大きくすくった。

「なにが卑怯だ。結局は動画をアップしなかったんだから、これでも手加減してやったくらいだぞ。そもそもいじめなんて卑怯なことをする輩《やから》相手に、どうしてこちら側だけフェアを貫かなくてはいけない。そんな相手側だけに都合のいい王さまルールに従う理由はない。ただのゲームなら負けてもいいが、今回の勝負は勝たなくては意味がなかった。負けは死だ」

「……死」

日常から遠く離れた単語に青ざめる蜂谷と花沢をよそに、入江は大きく口を開けて分厚いカツを咀嚼《そしゃく》していく。眼鏡を外しているので、肉食獣の食事風景を見ているようだ。

「逆に一晩でいじめがなくなるフェアな方法があるなら教えてくれ。いじめられてるやつは毎日ぎりぎりで、もう一日だって耐えられないんだ。手段にこだわっている間に学が死んだらどうする。最後までフェアによく戦ったとおまえらは拍手するのか」

「……いや、そんなことは」

蜂谷と花沢はもにょもにょとうつむいた。

「正々堂々戦っても死んだらおしまいだ。いじめなんてなかったと、少なからず相手の都合のいいように事実をねじ曲げられ、異議を申し立てたくても墓の中じゃ誰の耳にも届かない。手遅れになる前に反撃してなにが悪い。そもそも死を考えさせるほど人を追い詰めた人間が、失恋動画のひとつやふたつ世界にさらされることを恐れるなんて笑い話じゃないか」

入江はふっと鼻で笑うと、学に向き合った。

「学、今日もばりばり復讐するぞ」

「うん」

「二十年後、おまえが勝利者だ」

「うん」

「そのために体力づくりは必須だ。飯はきっちり食え」

「うん」

学も大口を開けてカツカレーを口に入れた。ふたりはばくばくとすごい勢いでスプーンを使い、食べ終えると復讐という名の勉学にいそしむためにさっさと帰っていった。

「……ねえ、あれでいいの？」

ふたりが去ったあと、花沢がなんとも言えないふうに首をかしげる。コンビニ店長にも同じことを聞かれた。そして自分もやっぱりあのときと同じように首をかしげる。

入江はやっぱり褒められたものではない手を使った。けれどついこの間まで死にたいと泣きじゃくっていた学が大口を開けてカレーを食べていた。それが入江の出した結果だ。

「結果オーライだけど、すごく判断に迷う男ね」

「そうなんだよ」

「レオレオ、ほんとに孝之でいいの？　恋が実っても実らなくても苦労しそうよ」

「おまえが煽《あお》ったんだろう」

「そうだけど、なんか急に責任感じちゃったのよ」

花沢と蜂谷は顔を見合わせ、うーんと考え込んだ。

入江は判断に迷う男だ。良いのか悪いのかよくわからない。

けれど入江はさっき『こちら側』と言った。輪の外ではなく、学の側に立ってしゃべっていた。孤立無援だった学にとって、それはどれだけの救いだったろう。

「うん、変人だし、ダークサイドだし、でも……好きかも」

花沢は衝撃を受けたように口元を手で覆った。

「……レオレオ」

花沢が身を乗りだし、蜂谷の手を両手でぎゅっと包んだ。

「わかったわ。余計なこと聞いてごめんね。レオレオのそんな真剣な顔見たの初めてよ。あたし、今度こそ肚を据えて孝之とのこと応援する」

「ありがとう、良太郎」

感動的な乙女の誓いタイムのあと、気恥ずかしくなってお互いにへへっと笑い合った。とにかく飯を食おうとスプーンをにぎり、はてと花沢が首をかしげた。

「そういえば、なんでカツカレーなの。あたしのすみれの砂糖漬けパンケーキは？」

「あ、そういや入江がまとめて注文してたな」

「……そ、そんな。地獄の大会明けで、パンケーキ食べるの楽しみにしてたのに」

花沢が泣きそうな顔で分厚いカツがのった男らしいカレーを見つめる。

「わ、悪い。それも俺が食うよ。だから良太郎はすみれを頼み直せ」

「……レオレオ、なんて健気なの。夫の不始末は妻の不始末ってことなのね」

花沢は不憫そうに蜂谷を見た。

「そんなんじゃないし」

「顔、赤いわよ」

「赤くない」

「はいはい。じゃあレオレオに免じてあたしこれ食べるわ。……あ、やだ、おいしい」

花沢がカレーを一口食べて目を見開く。

「あ、ほんとだ。うまい」

スパイスのきいたルーに、さっくり揚がったロースカツがうまい。心は乙女でも胃は男子高校生な花沢と、うまいな、おいしいわねと言い合いながらカレーを食べた。

　なんとなく、入江の家で食べた月末カレーの味を思い出した。強烈だった入江の家族のことも思い出す。酔っ払いで無職のおじさん、元気なおばさん、セレブ狙いの美人な妹、引きこもりの弟。そしてダサ眼鏡チンピラの入江。

　ひどい家庭環境に屈することなく、入江は目指す場所を見つめていた。あれは恋愛なんて眼中にない目だ。それ以前に、入江の中で自分は完全に友人ポジションに収まっている。

「なあ、良太郎」

「うん？」

「しんどくなったら話聞いてくれよな」

　花沢がカツカレーから視線を上げた。

「当たり前じゃない」

「サンキュ」

「レオレオも、あたしが本気の恋に落ちたときは話聞いてね」

「当たり前だろ」

　花沢はふふっと笑い、メニューを手に取った。

「やっぱりすみれの砂糖漬けパンケーキも食べちゃおう。レオレオは？」

「俺はいいよ」

「えー、せっかくだしつきあってよ」

花沢はメニューを広げ、あ、レオレオはこれねと勝手に決めた。

「『甘酸っぱさが切ない初恋リンゴパイ』。今のレオレオにぴったりでしょう」

「……おまえな」

蜂谷は顔をしかめたあと、ぴったりすぎると笑った。

# 大学デビュー

入江孝之《いりえたかゆき》の日々は忙しく、かつ規則的である。

通学に一時間半かかる東京《とうきょう》の大学に午前中から真面目に通い、きっちり授業を受けると帰宅は夜の八時を過ぎる。三限や四限で終わる日も家庭教師、その他諸々のバイトに精を出し、帰宅しても司法試験前の予備試験のための勉強で忙しい。

「入江、比較政治学のノート売ってほしいんだけど」

帰りがけ、知り合いに声をかけられた。テスト前なのでこういう声かけは多い。学食ランチ一週間分でどうかと交渉され、いいだろうと了承した。

大学外にはプロのノート屋がいるが、入江のノートは完成度と値段の安さでそれらを軽く凌駕《りょうが》している。価値としてはもっとふんだくるべきだが、大学から返還免除の奨学金を受けている身としてあまり派手に商売をするのはまずい。絶対にばれない、もしくはばれてもいいという覚悟でやるならいいが、ばれて奨学金を打ち切られては困るので自重している。

これまでの努力の賜物《たまもの》で、入江は目指していた大学が設立している返還免除の奨学金を受けることができた。家計に負担をかけずにすんだことに安堵《あんど》したが、入江の下には高二の妹と中一の弟がいて、まだまだ金がかかるのでバイトは続けている。

妹の佳織《かおり》に関しては、高校に通いながら家事とバイトをし、将来玉の輿《こし》を獲得するべく美貌に磨きをかけ、かつ知性をおざなりにすることなく、一流大学に入学するため勉強もがんばっている。目標に向かってひたすら邁進《まいしん》する姿勢には共感する部分が多い。

一方、弟の孝《たかし》は絶賛引きこもり継続中で、ほとんど外に出ない日々を送っている。勉強だけは入江と佳織が教えているが、このままいくとニートはまちがいなく、下手すればスネップに突入し、父親のミニチュアになりそうで恐ろしい。千尋《せんじん》の谷に我が子を突き落すライオン方式で、十八を過ぎたら家から追い出そうかと家族で話し合っている。

今までずっと働きづめだった母親は、今も働きづめのままだ。昨年、長年の深酒が祟《たた》り、肝臓をやられた父親が入院し、母親は九時から五時の事務職の他に、治療費のために早朝の青果市場でパートをはじめた。

あのとき、入江は自分の迂闊《うかつ》さを罵《ののし》った。こうなることは予見できたはずなのに、なぜ元気なうちに父親に高額な生命保険をかけておかなかったのかと後悔する日々だ。

父親は、入江家の不幸の象徴である。時代が悪い、簡単に社員をリストラする社会が悪いと父親は言うが、それも十年以上前の話だ。そのあともちっとも立ち直れず酒に走り、家族に暴力をふるい、たまりかねた入江が中三のときに反撃してボコボコにしてやってからは少しおとなしくなった。

しかし家族を殴らなくなった代わりに、今度は事業を起こしては失敗し、借金を作りまくった。あるときは返済のために母親が熟女風俗に沈められそうになり、中学生の入江が新聞配達をして貯めた金を借金取りに差し出して難を逃れた。中三当時で五十万だ。思い出すと、今でも父親の髪の毛をすべてむしり取ってやりたいくらい腹が立つ。

そもそも弟が引きこもりになったのも、酒に酔った父親が近所で醜態をさらしたことが原因で、クラスでいじめられたからだ。数え上げればきりがない駄目親父列伝である。

あんなペット以下のオッサン（ペットは少なくともかわいい）とは一日も早く離婚しろと入江は常々言い、母親もそうだそうだ離婚だーと同調するくせに、いざとなると、この人もいいとこあるから……と結局だらだら夫婦を続けている。

幼いころはさっぱり意味がわからなかったが、思春期になると、あんなろくでなしでも母親は愛しているのだと理解し、愕然《がくぜん》とした。愛って不便！　と叫びたかった。

そういう両親を見て育ったせいか、入江は愛や恋にさほど重きを置いていない。

それより、人生に必要なのは金だと思うようになった。

できるならセレブな家に生まれて苦労など知らず、月末カレーの味も知らず生きていきたかったが、まあこれも運命だ。そう思って、入江は日々を受け入れて生きている。

しかし、このまま辛酸をなめ続けてたまるものか。

とにかく、早く金を稼げる身分になるのだ。

そして、このどん底一家をサルベージせねばならない。

自分が一家の大黒柱となった暁には、母親がなんと言おうと父親をアルコール依存症患者専門の施設にぶち込み、真人間になるまで家の敷居はまたがせない。あのろくでなしがまともになること。それが家族の幸せへの第一歩だ。それにはもう少し時間がかかる。

入江は現在大学三年生だが、来年、予備試験を受ける予定だ。これに合格すれば、法科大学院を飛ばして司法試験を受けられる。合格すれば翌年の夏に司法試験。すべるなどという時間の無駄遣いは許されない。どちらも一発で通ってみせる。そのあと一年の司法修習を経て、プロの弁護士として現場に立てるのは二十五歳だ。

先は長い。長すぎる。

しかしこのいらだちは発散させずに抱えていき、弁護士として独立したときにこそ解き放ってやろうと決めている。長い間煮詰めて濃くなった負のパワーで、血も涙もない悪徳弁護士めと呪詛《じゅそ》の声を浴びるほどにがしがし金を稼ぎまくってやるのだ。ふふふふ。

「お兄ちゃん、ご飯食べながらほくそ笑まないで。気持ち悪い」

視線を上げると、向かいに座っている佳織と目が合った。

「また弁護士になって、がっぽがっぽお金稼ぐこと想像してたんでしょう」

「月末だから気分を上げていただけだ」

入江は恒例となっている月末カレー、副菜なしの食卓を見下ろした。

「気持ちはわかるわ。あたしもくじけそうなときはお金持ちの彼氏と高級ホテルでドセレブな披露宴をして、セレブな奥様やりながら起業して、よしんば離婚になっても充分ひとりでやっていけるくらいがばがば稼ぎまくってる自分を想像して耐えてるから」

「玉の輿はあくまで通過地点に過ぎないんだな」

「そりゃそうよ。玉の輿に乗っても離婚したらおしまいだもん。そこを踏み台にして最終的には自分で起業するのが目標よ。もちろん、最初から自力で稼ぐコースも視野に入れてるわよ。あたし志望大学は年収一千万台の超優良企業への就職率で決めてるから。玉の輿に乗り損ねても自力で出世してみせる。抜かりはないわ」

「ああ、おまえならできる。目標に向かってがんばれ」

「ありがとう。お兄ちゃんもがんばってね」

強烈な血のつながりを感じていると、ただいまーと玄関から母親の声がした。

「おつかれさま。お母さん、すぐご飯食べるでしょう。カレーだけど」

佳織が立ち上がって出迎えた。

「食べる食べる。いつもありがとうね」

母親がよっこいしょと洗濯物が入っている紙袋を床に置く。仕事帰りに毎日父の病院に寄り、足りないものを差し入れ、汚れ物を持って帰ってくるのだ。

「お母さん、そんな毎日毎日いかなくてもいいじゃない。子供じゃあるまいし」

「子供どころか、いい年こいたオッサンよね」

母親はあははーと笑い、佳織の進言をごまかした。昔からこうだ。母親は父親をこきおろしつつ一途に尽くす。それもこれもみな愛という感情のなせる業《わざ》だ。

たまに不思議になる。

なぜ人は恋愛をするのだろう。

入江自身、若くて健康な男なので、見た目のいい男を見ると「いいケツだな」とか「後ろから揉《も》みしながら揉みまくりたいな」という単純な性欲は湧く。が、性欲は恋にはならない。そもそも勉強とバイトに忙殺されまくりで、誰かを好きになる余裕もない。

返還免除の奨学金を受けている以上、成績を落とすことは許されないし、予備試験に向けての勉強も手を抜けない。本当なら勉強一本に集中したいが、父親の入院というのいつまで続くのかわからない出費もあるのでバイトも減らせない。

恋愛にさして夢も希望もないので今のところ不満はないが、恋愛なんて我が人生に不要と言い切るほど冷めてもいない。社会に出て、自分で金を稼ぎ、時間や気持ちに余裕ができればしてもいい。けれどその場合、相手はきちんと選びたい。

働かない男は問答無用でパスとして、稼いでいてもくだらない無駄遣いをする男も嫌だ。自分というものをしっかり持ち、中長期的な人生設計を組める程度の計画性を持ち、性格は優しく誠実で、見た目はすらりとしていて、特に尻は小さくてきゅっとしまっているのがいい。

いやらしい想像をしていると、いきなり爆発音が響いてびくりとした。

「若いころのブルース・ウィリスって格好いいわねえ」

母親がカレーを食べながら、居間で借りてきたＤＶＤを観ている。

毎日働きづめの母親の唯一のストレス発散はアクション映画鑑賞で、今夜も居間に爆発音や銃声が響き渡る。弟の部屋からはアニソンが聞こえ、妹が美容のために欠かさないダンスエクササイズの音楽まで混じり合う。正直、うるさすぎる。

雑多な環境で勉強をすることは慣れているが、大学の試験前ともなるとさすがに苦しい。入江は息を吐き、携帯で蜂谷《はちや》のアドレスを呼び出した。

《明日からしばらく避難させてくれ》

送信すると、五分ほどで《おっけー》と返事がきた。


翌日は大学が終わってから、まっすぐ蜂谷の家に向かった。

最寄り駅で降りたあと、花沢《はなざわ》から電話がかかってきた。

『孝之、久しぶり。今いい？』

男らしい声に反し、乙女テンションな第一声だった。

『どうした。またストレスがたまったのか』

水を向けてやると、そうなのよーと花沢のおしゃべりがはじまった。

花沢は高校を卒業後、東京の大学にスポーツ推薦で入学し、今は大学の運動部の寮で暮らしている。一年生のときから箱根《はこね》駅伝に出場し、区間賞まで獲り、そのイケメンぶりも相まって世間からの注目度はさらに上がり、大学卒業後は実業団入りがほぼ決まっている。

そしてそのぶん、乙女オネエな自分とのギャップに苦しんでいる。

かわいいものが大好きで、実家の自室のメインカラーはピンク。そんな花沢が右を向いても左を向いても男・男・男、男くささ全開な運動部の寮住まい。カミングアウトなど死んでもできず、周囲の目を気にして男らしく振る舞うこと自体がストレスになっている。それが限界に達すると、素をさらせる自分や蜂谷に電話をかけてくるのだ。

『あたし、そろそろ本気で病みそうよ。最初はひとつ屋根の下で恋が生まれたらどうしようとか甘い夢見てたけど、巨乳グラビア見ながら鼻毛抜いてる姿見たら百年の恋も冷めるわね。自分の部屋にぬいぐるみも置けない生活なんて、もうほんとやだ！』

五分ぐらいひとりでしゃべりまくったあと、花沢はふーっと長い息を吐いた。ひとまず気がすんだ合図だ。高校時代から四年もつきあっているのでわかる。

『孝之は最近どう?』

『もうすぐ試験だから、今日から蜂谷のマンションに避難する』

『いいなあ。あたしも混ざりたい』

『そんなにしんどいなら、地元に戻ってくればいいだろう』

『無理よ。トレーニングのこと考えたら』

『じゃあ、あきらめろ』

あっさり言うと、ひどーいとまた愚痴がはじまった。正直うっとうしいが、まあ昔馴染みなので我慢してやろう。へえ、ほうと適当な相槌《あいづち》を打ちながら、スーパーに寄って特売の卵を手みやげに蜂谷のひとり暮らしのマンションを目指す。

高校を卒業後、蜂谷は東京の大学に進学した。ボンボン蜂谷は親からたっぷり仕送りをもらって東京で自由なひとり暮らしを満喫すると思っていたので、地元から通うと聞いたときは驚いた。理由を問うと、地元が好きなんだよと返ってきたのでさらに意外だった。

――レオレオは地元にすごく好きなものがあるから離れたくないのよ。

と花沢が言っていたが、ボンボンなので単純に衣食住快適に過ごせる実家が居心地いいのだろうと思っていた。しかし、そうでないことはすぐに判明した。

あれは大学に通い出して最初の試験のあとだったか、蜂谷は快適な実家を出てマンションのひとり暮らしをはじめた。実家と同じ市内で家を借りるなんて、金の無駄遣い極まれり。セレブの思考は意味不明だとあきれたが、試験前などうるさい実家を出て静かな蜂谷の部屋で勉強させてもらえるので、今となっては非常にありがたい。やっぱりセレブ万歳だ。

『孝之はレオレオに甘やかされていいわね』

『誰が、誰に、甘やかされてるって？』

『だって、レオレオがひとり暮らしはじめたのは孝之のためじゃない』

『またそれか』

　入江は溜息をついた。以前から花沢はそんなことを言っている。入江が勉強に集中できるよう、入江に部屋を貸すために蜂谷はひとり暮らしをはじめたのだと。

『友人相手にそこまでしないだろう。常識で考えろ』

しかし花沢は引き下がらない。

『孝之のほうこそ、一度常識から離れなさいよ。ひとり暮らしはじめたとき、レオレオ、孝之に部屋貸してあげるって自分から言ったんでしょう』

『まあな』

『そんでマンションのスペアキーまでくれたんでしょう』

その通りだ。しかも、

――試験前じゃなくても、おまえが使いたいときは勝手に使えばいいよ。

というセリフまでついていた。

『こいつは神さまかと、あのときは感動に近いくらい感謝したな』

『でしょう。でしょう。神さまじゃなくて、……する乙女なんだけどね』

『なんだって？　よく聞こえなかった』

『聞こえなくてもいいのよ。ねえ、だからレオレオは孝之のために――』

『まあ感動しすぎて心配になったが』

『ん？』

『いくら友達といっても、スペアキーを渡して好きに使えなんてあいつは花畑すぎる。相手が俺だからいいものの、あの調子でホイホイ誰かれともなく善意を振りまいているのかと思うと、心配を通り越していらいらした。あいつはいつか悪人にだまされて泣く羽目になるな』

『だからそれは——』

『それはかわいそうだから、部屋を貸してくれた恩もふくめて、俺の目の届く範囲で気をつけてやろうと誓った。あいつを見てると気が気じゃないからな』

『俺が守ってやろうって誓ったの？』

ふいに花沢の声が鋭くなった。

『守ってやろうじゃなくて、気をつけてやろうと——』

『でも誓ったのね⁉』

『一体なんなんだ』

問うと、『あー、もうっ』と花沢はじれったそうに叫んだ。

『あんた、ほんとに気づかないの？』

『だからなにを』

『人の気持ちとか、自分の気持ちとか』

『ふわっとした言い方をするな。論点をしぼって具体的に言え』

花沢がきぃぃ～っとおかしな声を上げた。

『そんなに頭がいいくせに、どうしてある部分に関してあんたの脳は壊死《えし》してるの？』

『俺の脳に死角はない』

『ありまくりよ！　鈍感、ドーナツ脳！』

花沢はまだ怒り続けていたが、蜂谷のマンションについたのでさっさと電話を切った。


「よ、いらっしゃい」

チャイムを鳴らすと蜂谷が出迎えてくれた。高校のときは髪を頭の悪そうな明るい茶色に染めていたが、大学に入ってから落ち着いた地毛になった。蜂谷は整った顔をしているので、こちらのほうがずっと似合う。わざわざ口にするのは気持ち悪いので言わないが。

「いつも悪いな。これ」

スーパーの袋を手渡すと、蜂谷がサンキューと中をのぞき込む。

「てみやげに卵って、主婦みたいなやつだな」

冷蔵庫に卵をしまいながら、「じゃあ夕飯はオムレツにでもするかな」と蜂谷はつぶやいている。そのあとコーヒーを淹《い》れ、小さい盆にのせて入江に渡してくれた。

「すぐ勉強すんだろ。夕飯できたら呼びにいくから」

「ありがとう。いつも悪いな」

あとは特に話をすることもなく、入江はコーヒーを手に予備部屋へ向かった。

――長年連れ添った老夫婦じゃないんだから、もっと話をしなさいよ。

花沢はそう言うが、男の友人同士なんてだいたいそんなものだろう。特に蜂谷とはつきあいが長いので、わざわざ口にせずとも入江の行動パターンを読んでくれるので楽だ。日々サバイバルな入江にとって、ここは唯一のオアシスと言っていい。

防音の行き届いた静かな廊下を進み、入江はいつも使わせてもらう予備部屋に入った。荷物を置き、さっそく机に参考書を積み上げた。

蜂谷のマンションは学生には贅沢《ぜいたく》すぎる新築の2LDK。主である蜂谷が普段使うのはリビングダイニングと寝室だけで、必然ひとつ余る部屋を入江は使わせてもらっている。ありがたいことだが、なぜ使いもしないのに2LDKなんて広い家を借りるのか。

――レオレオがひとり暮らしはじめたのは孝之のためじゃない。

改めて考えたが、ないないと頭を振った。そんな非生産的で非効率的なことをする理由は、自分の整理整頓された脳みその中には見つけられない。

――鈍感、ドーナツ脳！

そういえば、ドーナツ脳とはどういう意味だろう。真ん中がすっぽり抜けている。大事なところが消失している。再び考えたが、ないないと鼻で笑った。俺は完璧だ。

セレブの考えも乙女の気持ちもさっぱり理解できないなとコーヒーを一口飲み、うん……とうなずいた。蜂谷が淹れるコーヒーには、あらかじめ入江好みの分量で砂糖とミルクが入っていて、つきあいの長さを実感するのはこういうなにげない一瞬だったりする。

そのあと本来の目的である試験勉強に集中していると、ノックの音が響いて蜂谷が顔を出した。夕飯ができたと言われ、時計を見ると二時間ほど経っていた。

「今日はなんだ」

「おまえがくれた卵で三色丼」

「オムレツじゃないのか」

「それは明日の朝にする」

ふわふわがいいな、と心の中で考えていると、

「ちゃんとふわふわにしてやるよ」

「俺の心を読むな」

「読まなくても、おまえの好みはいいかげん知ってるんだよ」

リビングにいくと、鶏そぼろと炒り卵と絹さやの三色丼、塩豚汁、ほうれん草の白和えがソファテーブルに用意されていた。うまそうで急に腹が減ってきた。

「居候《いそうろう》の上に夕飯まで作ってもらって悪いな」

「暇だしいいよ。料理すんの嫌いじゃないし」

蜂谷は簡単に流し、いただきまーすと手を合わせた。

三色丼はそぼろの味がちょうどよく、炒り卵が甘いのも入江好みだ。塩豚汁には柚子胡椒《ゆずこしょう》が添えてあり、ぴりっとした柑橘系《かんきつけい》の風味が食欲を増進させる。白和えも薄味で胃に優しい。蜂谷の部屋に居候するようになって初めて知ったが、蜂谷は料理がうまい。さすが食いもの屋の後継ぎだ。夕飯のあと、洗い物をしようと腕まくりをしていると、

「いいよ。俺がする」

と横からスポンジを奪われた。

「居候の上に夕飯を作ってもらい後片づけもしないなんて、無職で昼間から飲んだくれた挙句に身体を壊し、家族に更なる受難を課す駄目親父への道につながりそうで嫌なんだが」

「どう転んでも、おまえは駄目親父にはならないから心配すんな」

「渦中にいるときは、誰もがそれを転落の一歩だとは気づかない」

「洗い物くらいしなくても転落しないって。おまえは毎日勉強とかバイトとかがんばりすぎだから、ここにきたときくらい休めばいいよ。俺はいつも楽してるからいいんだ」

鼻歌交じりに洗い物をする蜂谷を拝みたくなった。

常々思うのだが、苦労したぶんだけ人は優しくなれるという、あれは嘘だ。上から圧力をかけられるとものが歪《ゆが》むように、幼少時代の苦労という圧力は、人間の性格を程度の差こそあれ歪ませる。蜂谷は金持ちのボンボンで甘ちゃんでお花畑だが、ぐしゃっと押しつぶされて歪ん

だ自分とはちがい、心根が優しく素直なので、一緒にいて気持ちがほぐれる。気持ち悪いので口に出しては言わないが、蜂谷と友人になれて本当によかったと思う。

「そうだ。夜食なにがいい？」

蜂谷が聞いてくる。そうだ。夕飯だけでなく、ここにくると、なんと夜食の差し入れまでついてくる。友人というより嫁に近く、これはもう心配になるレベルだ。

「おまえ、ちょっといいやつすぎないか」

「いいって、そんな褒めなくて」

蜂谷は照れ笑いをする。なんて危機感のないやつだろう。

「おまえはいつか絶対誰かにだまされるぞ。おまえみたいな善人がひどい目に遭わず、無事に幸せに一生を過ごせる確率はこの現代社会ではゼロに等しい」

「褒めてるのか貶《けな》してるのか、どっちなんだ」

「八割貶している。すぐに人を信じて嬉《うれ》しがるな。自分が善人だからって相手も善人とは限らない。逆におまえみたいな善人に近寄ってくるのは九十パーセントの確率でちょっと悪いやつだ。そもそもおまえ自身がそういう悪い男を好きだからタチが悪い」

「そ、それは昔の話だ。今は男の好みも変わったから」

「おまえにその気がなくても、こんなに優しくされたら男は勘違いする」

「どんな？」

「こいつ俺のことが好きなのかな、とか」

蜂谷は目を見開いた。

「そ、そ、そんな、俺は別におまえのことなんか……」

蜂谷は目元を赤くし、視線をせわしなく左右に揺らした。

「もちろんわかっている」

「え？」

「おまえが俺を好きだなんて、そんなおもしろい勘違いはしない」

「おもしろい？」

「長年の友人である俺は、今さらおまえ相手にそんな馬鹿馬鹿しい勘違いはしないが、俺以外のやつは勘違いするかもしれない。おまえは世間的に見たらかなりの美形だし、そんなやつから、こんなふうに部屋まで貸してもらえて、夕飯まで作ってもらえたら、普通のゲイはまちがいなく、『こいつ俺に惚れてる』と勘違いするだろう」

「断定すんな。俺は誰にでも優しいわけじゃない」

「じゃあ、俺以外の男には優しくするな」

そう言うと、蜂谷は「えっ……」と固まった。

「そ、それってどういう意味だよ」

赤い顔で問い返され、察しの悪い美人にいらいらしてきた。

「言った通りの意味だ。とにかく、むやみやたらとそこらの男に優しくするな。おまえは隙がありすぎる。男を見たら悪人だと思え。財布とパンツの紐は限界までしめろ」

「アホか。おまえは人を疑いすぎだ」

「アホはおまえだ。俺だっておまえ以外にはこんな忠告はしない」

「なんだよ、いつまでも人のこと花畑扱いして」

蜂谷は上目遣いでむすっと唇をとがらせる。

「そういう顔もあんまりするな」

「なんで」

――かわいいから、男がよからぬ気を起こす。

と思ったが、友人相手に気持ち悪いので口にはしなかった。

「なんでもくそもない。俺以外の男の前でそういう顔をするな。以上」

話を終わらせていこうとすると、「で、夜食なにがいいんだよ」と聞かれた。

「なんでもいい」

「なんでもいいって、作り甲斐《がい》のないやつだな」

「おまえの飯はなんでもうまいから、なんでもいい」

「それは、褒められてると思っていいのか?」

蜂谷は疑わしそうに唇をとがらせる。

──だから、そういう顔をするな。かわいすぎるだろう。

全然わかってない蜂谷に腹が立ち、つい心にもないことを言ってしまった。

「ああ、褒めている。おまえの飯は学食よりうまい」

「学食かよ」

蜂谷は憤慨したあと、「もういい」と皿洗いに戻った。

「冗談だ。そんなに怒るな。おまえの飯はうまい」

「うるさい。俺史上最高に激マズな夜食を作ってやるからな」

それでも作ってくれるところがお人好しというか──。

「デスソースで煮込んだリゾットとか、あんこのおにぎりとか」

ぶつぶつ言いながら洗い物をしている蜂谷に「楽しみにしている」と声をかけ、入江は部屋に戻った。その日の夜食は、昆布と鰹《かつお》で出汁《だし》をとったあんかけ卵うどんだった。あっさりとしていて消化もよく、もちろん学食とは比べものにならないほどうまかった。


予備部屋に布団を敷いて眠り、翌日も蜂谷の部屋から大学に通う。

あくびまじりに居間にいくと、朝食が用意されていた。入江が熱烈に愛する蜂谷特製オムレツだ。白身だけをツノが立つほど泡立て、さっくり黄身と混ぜて焼くとふわふわになる。オムレッは特に好きでも嫌いでもなかったが、蜂谷のオムレッは別格だ。うまい朝食で気分よく身支度を整え、今日は二限目からという蜂谷に見送られて玄関で靴を履く。

「入江、夕飯なんか食いたいもんあるか」

「特にない。任せる」

「なんか浮かんだらメールしろよ」

そう言われ、入江は蜂谷を振り返った。素直が服を着ているような風情で、蜂谷が「？」と首をかしげる。こいつは人がよすぎる……と入江は眉根を寄せた。

「おまえ、そんなに俺に気を遣わなくていいぞ」

「気なんて遣ってないけど？」

「飯なんて、最悪、腹がふくれればそれでいいんだ」

「は？」

蜂谷が眉をひそめる。しまった。これは言い直したほうがいい。

「俺がくると、おまえはいつもいろいろしてくれるだろう。ありがたいことだが、俺はひとりでなんでもできるし、それよりもおまえの生活を優先させろ。俺の夕飯なんて気にせず、友人に誘われたら俺のことなんかいいから遊びにいってきていいんだぞ」

よし、完璧だ。居候なりに自分も気を遣っていることが伝わったはず――。

「……あっ、そう。じゃあ飲みいってくる。今夜は帰ってこないから安心しろ」

ふんと背中を向けられ、待て待て待てと腕をつかんだ。

「それじゃあ、俺が追い出したみたいだろう」

「だって、俺は帰ってこないほうがいいんだろう？」

「どう聞いたらそうなるんだ」

「飯なんてどうでもいいって言った」

「俺は『最悪』と言ったんだ。最悪な事態にならないほうがいいに決まっている」

「俺、帰ってきていいのか？」

「当たり前だ」

「じゃあ、今夜なんか食いたいもんある？」

問われ、今度はちゃんと考えた。

「ああ、久しぶりにしょうが焼きが食いたいな」

「じゃあそうする。あ、早くいかないと遅れるぞ」

「ああ、いってくる」

「いってらっしゃい」

会話を一周させ、入江はマンションを出た。

駅へと歩きながら、今夜はしょうが焼きかと考えた。元から好物だが、蜂谷のしょうが焼きはタレが激ウマなのだ。朝はふわふわオムレツだったし、夕飯は激ウマしょうが焼き。

――よし、今日もがんばるか。

自然と気合いが入ってしまい、我に返って気恥ずかしくなった。『男を落としたいなら、まずは胃袋から』という言葉があるが、飯程度で落ちる男はしょせんその程度の男だと入江は思っていた。しかしその考えはまちがっていたのかもしれない。

蜂谷の飯はうまい。自分の舌にぴたりと合う。世の中の女は男を狙うとき、化粧や服に凝るよりも料理の腕を磨くべきだ。いや、まずは見た目で釣らないと飯を披露する段階まで持っていけないのか。その点、見た目もいい蜂谷はパーフェクトということになる。

――美人で優しくて素直で料理上手な嫁……。

今まで深く考えたことはなかったが、蜂谷の彼氏になる男は相当な幸せ者だ。

しかし、蜂谷からは彼氏はおろか、恋愛関係の話をほとんど聞いたことがない。自分は昔も今も恋愛している暇がないだけだが、蜂谷はどうして彼氏を作らないんだろう。

とはいえ、蜂谷に彼氏ができたらさすがに今のような居候はできない。それは困るので、もうしばらくは彼氏など作らず、自分にだけ優しくしておいてほしいと願った。


レポートを書いているとあくびが出た。伸びをして深呼吸。ついでにコーヒーでも淹れるかと居間へいくと、蜂谷がソファに寝転がって電話をしていた。『うるさい？』というジェスチャーをされ、『全然』のジェスチャーを返した。

キッチンでコーヒーを淹れていると、カウンター越しに電話の声が聞こえてくる。

『遠出かあ。まあいいけど。水族館？　ああ、涼しそうだな』

友人と出かける相談をしているようだ。コーヒーを手に部屋に戻り、開きっぱなしの参考書を前にして頬杖をついた。さっきの蜂谷の会話が引っかかっている。

——遠出で水族館……。

男の友人同士でいく場所だろうか。どちらかというとデートコースだ。

——まさか彼氏とか……。

胸のあたりにもやっとしたものが広がった。いや、そんな話は聞いたことがない。彼氏がいたら、さすがに自分を家に泊めたりしないだろう。そうだそうだ。

——けど、いつかはあいつにも彼氏ができる……。

当然のことだ。あきれるほどに面倒見がよく、素直で、美形で、料理がうまい。今現在、いないほうがおかしいくらいの物件だ。しかしいかんせん蜂谷は無防備すぎる。だからおかしな男にだまされないよう、自分が気をつけてやらなければいけない。

入江は改めて、蜂谷に守らせたい注意事項を整理した。
一、自分に惚れていると勘違いした男からつけ回されたり、ストーカー被害に遭ったりしないよう、蜂谷は入江以外に優しくしてはいけない。

二、タチの悪いヒモ男につけ入られたり、家に居すわられたり、飯まで作らされたり、旦那面で行動を制限されたりしないよう、蜂谷は入江以外の男を信用してはいけない。
ノートに書き出しながら、入江は「ん？」と眉をひそめた。

――居候、飯、旦那面で行動を制限って、今の俺みたいじゃないか？

まじまじと二番の文章を凝視したあと、いやいやちがうと否定した。

自分は将来弁護士になるので、断じてヒモではない。バリバリ稼ぐようになったら、今の恩は必ず返すと決めている。蜂谷が継ぐ予定の『蘭々《らんらん》』で問題が起きたときは無償で相談にのってやろうと思っているし、蜂谷がくだらない男に引っかかったときは無償で手を切らせてやろうと思う。無償だぞ。無償。この俺が。タダで。自分でもどうかしていると思う。

それでも蜂谷がどうしようもなくなったときは、しかたない、自分が面倒を見よう。贅沢なことはポリシーとしてさせてやれないが、蜂谷が情けない思いをしないくらいの暮らしはさせてやらなければいけない。自分の家族と同居させるわけにはいかないので、まあ自分と蜂谷が一緒に暮らすのが順当だろう。毎日起きればうまい朝食があり、帰宅するとうまい夕食に出迎えられる毎日。さぞかし仕事の能率が上がるだろう。

「……………」

想像していい気分に浸る中、ハッと我に返った。

途中で脱線してしまった。とにかく蜂谷は顔も性格も高得点をマークしている。

なのに、なぜ彼氏がいないのだろう。不思議だ。謎だ。さっぱり意味がわからない。

少し馬鹿だからか。それもふくめて蜂谷のよさだと思うのだが、ちがうのだろうか。そういえば、自分はよく変わってるねと言われる。自分では自分が変わっているとは思わないのだが、とりあえず自分が変わっていると仮定し、そういう自分がかわいいと思うのだから、蜂谷は世間一般ではさしてかわいくないのかもしれない。

——もしかして、モテないから彼氏ができないだけなのか？

価値観を引っくり返されたショックにしばし呆然としたあと、蜂谷が不憫《ふびん》になった。そうか、単にかわいくないから彼氏がいないのか。しかし世間的にはイマイチでも、自分にとって蜂谷は高得点をマークしている。改めてまっさらな状態で出会ったら恋をしたかもしれない。

——だったら、俺が彼氏になってやるというのは？

ふとそんな考えが浮かんだが、しっかり友人型にはめられた今となっては、もうそういう目では見られない。蜂谷を不憫に思う反面、『これでよかった』感も湧き上がってくる。

けっして口にはしないが、蜂谷は一生つきあっていきたい大事な友人だ。

そして恋愛はいつか終わるが、友情には終わりがない。

つまり、好ましいと思う相手とは恋などするべきではないのだ。

明快な答えが出て、入江はふうと満足の息を吐いた。考えている間にコーヒーが冷めてしまい、温め直しに居間へいくと、電話を終えた蜂谷がソファでうたた寝をしていた。頼りなく投げ出された手から、にぎられたままの携帯が落ちかけている。

そっと携帯を取ってテーブルに置いてやろうとして、裏面にプリクラが貼ってあることに気づいた。男とのツーショットで、吸い寄せられるようにまじまじと見た。

──なんだ、この頭の悪そうな男は。

まじまじにまじまじを重ね、食い入るように見つめる。男が男とのツーショットプリクラを携帯に貼るだろうか。というか、そもそもツーショットでプリクラを撮るだろうか。

──まさか、彼氏？

再びの疑惑が湧き上がり、ちらっと寝顔を見てどきりとした。ついさっき『自分の目にはかわいく映るが、世間的にはかわいくない、モテない故に彼氏がいない』という結論に達したはずなのに、眠っている蜂谷はどう見ても綺麗《きれい》だし、かわいかった。

──かわいいのか、かわいくないのか、こいつはどっちなんだ。

高校時代から四年も見ているせいか、すでに公平な判断ができなくなっている。しかし恋人がいるいないに美醜は関係ない。顔面偏差値が地を這《は》うような連中にも、割れ鍋に綴じ蓋方式でぴたりと合う相手がいるものだ。世の中はうまくできている。

──じゃあ、やっぱり、彼氏？

再度、プリクラを見た。頭の悪そうな茶髪の男が蜂谷の肩を抱きよせ、カメラ目線で蜂谷のこめかみに唇を寄せている。見せつけられている感すらあり、なんだこの男、と携帯を床に叩《たた》きつけて踏みつぶしたい衝動に駆《か》られた。

試験最終日の大学の帰り道、スーパーに寄って鉄板焼きの材料を買い込んだ。

試験もすべて終わり、レポートも提出し、A＋は死守したはずだ。すがすがしい気分で肉や野菜をかごに入れていく。明日には実家に戻るが、最終日の夜は世話になった礼に入江が夕飯を作るのが恒例となっている。

「久しぶりの女子会にかんぱーい」

今夜はたまたま帰省していた花沢も顔を見せていた。男くさい寮で男らしく生活している反動なのか、花沢は男の骨格を無視した女座りでビールグラスを持っている。

「オネエはおまえだけだから女子会じゃないだろう」

プレートの肉を裏返しながら反論した。

「じゃあ乙女会」

「乙女もおまえだけだ」

「恋するゲイはみんな乙女でいいじゃない」

「恋してるのもおまえだけだ」

「そんなことないかもよ」

花沢がちらっと蜂谷を見たのを、入江は見逃さなかった。

「おまえも恋をしてるのか?」

問うと、えっと蜂谷がこちらを見た。

「そういえば、おまえの携帯の裏にプリクラが貼ってあったな。あいつか?」

先日からずっと気になっていたことを聞くと、蜂谷が目を見開いた。

「勝手に見たのか?」

「不可抗力で見えてしまっただけだ。見られたらまずいものなのか」

「そ、そんなことないけど」

蜂谷はせわしなく視線を左右に揺らす。怪しい。

「で、誰?」

「なにが?」

「プリクラの男」

ごまかそうとする蜂谷の態度にいらいらしてきた。

「ただの友達だよ」

「おまえが友達とのプリクラを携帯に貼るようなやつだとは知らなかった」

「それはあいつが強引に――」

「ツーショットプリクラを携帯の裏に貼るという、今どき女子高生でもやらないような恥ずかしいことを強要する男と友達なのか。というか強要する時点で友達じゃないだろう」

「や、だからそれは……」

「レオレオが友達だって言ってるんだから、それでいいじゃない」

花沢がかばうように蜂谷の肩を抱いた。

「おまえ、なにか知っているな？」

目を眇《すが》めると、花沢はぎくりと肩を震わせた。

「あたしはなにも知らないわ」

「嘘をつくな。携帯の裏に男とのツーショットプリクラなんて、おまえが一番好きそうな話題じゃないか。いつもなら花を飛ばしながら『やーんレオレオ、それ誰なのよお。どこで知り合ったの？　もうつきあってるの？』と全力でガールズトークに持ち込むはずだろう」

花沢はぎくっぎくっと肩を震わせ、蜂谷はうつむいて入江と目を合わせようとしない。

これはもう百二十パーセントビンゴだ。

「友人じゃないなら彼氏か。なるほど、ああいうのが蜂谷の好みなんだな」

ああいうの、の部分に嫌な感じのアクセントをつけてやった。

「ちが……っ」

蜂谷が顔を上げたとき、チャイムが鳴り響いた。

「あら、誰かきたみたい。宅配便かしら。レオレオいきましょう」

花沢が場をごまかすように蜂谷を連れ出そうとする。その間もピンポン・ピンポン・ピンポンとチャイムは連続で鳴っていて、花沢と蜂谷は怪訝《けげん》そうに顔を見合わせた。

「猟奇的なチャイムの押し方だな」

宅配便ではなさそうで、入江も一緒に玄関へ向かった。

「はーい、どなたですか」

鍵は開けず、蜂谷がドア越しに応対した。チャイムがやむ。

「俺だけど」

聞こえてきたのは若い男の声で、

「充《みつる》？」

さっと蜂谷が青ざめた。

「な、なんだよ、いきなりくるなんて。よく家の場所わかったな」

「川上《かわかみ》先輩に聞いた。おまえと地元一緒だろう」

「……あ、そうなんだ。いや、でもなんで急に？」

「だって、おまえ最近全然会ってくれないじゃん。友達がきてるとか言って。でも友達ってそんな毎日くるもんなのか？　それ本当に友達なのか？」

「いや、まじで友達だから」

蜂谷がぶるぶると首を振る。

「プリクラの男か」

小声で問うと、蜂谷はびくりと肩をすくめた。

「なあレオ、とりあえず開けてくれよ」

「悪いけど、今日も友達きてるから」

「ちょうどいいよ。俺にも紹介して」

「……それは」

蜂谷が黙り込んだ次の瞬間、がんっと向こう側からドアを蹴られた。

「友達は家に入れるのに、なんで彼氏は入れないんだよ！」

瞬間、ジャアアンッと中国の銅鑼《どら》みたいな音が入江の脳内で響き渡った。

——やっぱり、男いやがったのか。

予想はしていたが、実際に登場されるとショックだった。しかも知らなかったのは自分だけのようだ。じろりとにらみつけると、花沢があとずさった。

「おまえ、蜂谷に男いること、なんで俺に黙ってた」

「え、あ、だ、だって、そういうのは本人の口から聞かないと、ね？」

「なにが、ね、だ。ふざけんな」

ぱしっと頭をはたくと、花沢はおろおろしつつも言い返してきた。

「っていうか、なんで孝之がそんなに怒るのよ」

「あ？」

「レオレオが誰とつきあおうと、孝之に関係ないじゃない」

そう言われて、入江はようやく我に返った。本当だ。自分と蜂谷は友人なのに、なぜ自分は怒っているんだろう。考え込む入江に、花沢がこそこそと顔を寄せてくる。

「ねえ、気になるんでしょう？」

見ると、なぜかほくそえんでいる花沢と目が合った。

「レオレオに彼氏がいるの、ショックなんでしょう？」

「…………」

「どうしてショックなのかしら？」

「…………」

「頭のいい孝之ならわかるはずよ。胸に手を当ててごらんなさい」

手をつかまれ、強引に心臓の上に当てられた。

「孝之は」

「……俺は？」

「レオレオのことを」

「……蜂谷のことを？」

繰り返すたび、心臓のあたりがじわりと熱くなり、うまく言葉にできない感情が渦を巻き出す。おかしい。自分は高度な国語能力を持っている。弁護士に必要な捜査資料を読み解き整理する読解力、そこから真実を導き出す推察力、さらに裁判官に訴えかける弁舌能力。

なのに、今、その能力が全停止している。

胸に渦巻く感情がなんなのか読み解けず、整理もできず、声も出ない。

「どう？　答えが出たんじゃない？」

じれったそうに花沢が顔を寄せてくる。

「うるさい。俺におかしなことを吹き込むな」

花沢の整った顔面に手のひらを当てて押し返した。

「おかしなことってなによ。ちゃんと真剣に考えなさいよ」

——考えてもわからないんだ。

こちらでこぜり合いをしているとき、すぐ隣では別のドラマが進行していた。

「おまえは俺のことをどう思ってるんだよ！」

さっきまでドア越しだった声がふいにクリアに響き渡った。見ると、いつの間にか玄関が開いていて、充と思《おぼ》しき頭の悪そうな茶髪男が中に入ってこようとするところだった。

「おまえ、なんでドアを開けるんだ」

意味がわからず、蜂谷に問いかけた。

「だって近所迷惑だと思って」

入江は頭をかきむしりたくなった。蜂谷には危機管理能力がないのか。

「レオ、とりあえず話だけでもしよう」

充が蜂谷の腕を取ろうとしたので、待てと割って入った。

「なんだ、おまえ」

充がこちらをにらみつけてくる。

「俺たちは蜂谷の友人だ」

充は疑わしそうな目で入江と花沢を等分に見たあと、蜂谷に向き合った。

「おまえ、どうなってんだよ。友達は家に入れるのに、なんで彼氏の俺は何度頼んでも家に入れてくれないんだよ。連絡もいっつも俺からだし、デートもたまにだし、せっかく撮ったプリクラだって鞄《かばん》の底でくちゃくちゃに折れ曲がってたし」

「あれは……ごめん。だから悪いと思ってちゃんと携帯の裏に貼ったし」

「俺が貼れ貼れってうるさく言ったからだろう。なあ、俺らって本当につきあってんの？　そりゃあ俺のほうから一目惚れして告ったよ。けどおまえもうんって言ったじゃん。俺は本当におまえの彼氏なの？　おまえ本当に俺のこと好きなの？」

矢継ぎ早に問われ、蜂谷は困り顔で目を伏せている。

なるほど……と入江は腕組みでうなずいた。

てっきり熱愛発覚かと焦ったが、蜂谷はたいして充を好きではないようだ。そもそも家にも入れてもらえない彼氏って――。かわいそうにと思いつつ、口元がゆるんでしまう。さっきまでの正体不明のショックが美しい逆回転で収束されていく。

「俺が悪かった。ごめん。謝る。だからとりあえず今日は帰ってくれないか」

蜂谷は困り顔で充に頼んでいて、入江は馬鹿めと眉根を寄せた。こういう場合は毅然《きぜん》とした態度で臨むのが正しい。下手に出ると相手はますます調子に乗る。

「ここで帰ったらまたごまかすつもりだろう。俺だって自分のことみっともないって思ってるよ。けど、まさか三ヶ月もつきあってキスもセックスもさせてくれな――」

「いいかげんにしてくれって！」

蜂谷が声を荒らげた。うつむきがちの頬に濃い朱が走っている。

「おい、そこまでにしておけ」

入江が言うと、充が怒りの表情でこちらを向いた。

「関係ないやつは引っ込んでろよ」

「俺も面倒事に巻き込まれるのはごめんだが、これ以上は蜂谷の名誉にかかわる」

話しながらふたりの間に割り込んで、充の視界から蜂谷をかくした。

「ここが集合住宅の玄関先ということを考慮すると、おまえの声のボリュームでは話の内容は少なくとも両隣には筒抜けだろう。それもキスだのセックスだのという性的な香りのする単語だ。これが男女の声なら、まだよくあることとすませてもらえても、男同士の声で聞こえてくるそれらの単語に、大方の人間は若干の妄想の翼を広げるはずだ。おそらく、今ごろ右の部屋の住人も、左の部屋の住人も、『隣に住んでる若い男の子はゲイだったのね』、という想像をしているはずだ。そして以降、エレベーターやエントランスで顔を合わせるたび、『おはようございます（あ、こないだのゲイの子ね）』、『今日は冷えますね（あ、こないだのゲイの子だ）』、という目で蜂谷は見られることになるだろう。それらの心理的負担に耐えかね、蜂谷は引っ越しを余儀なくされるかもしれない。そのときは個人的な性癖の暴露に対する名誉棄損でおまえを告訴し、好奇の視線にさらされた結果の引っ越しに伴う諸費用、および精神的苦痛に対する慰謝料を裁判で請求することになるが、それでもいいか」

「名誉棄損？　慰謝料？」

「蜂谷と同い年なら二十歳を越えているだろう。初犯だから起訴されないとか考えているなら甘いぞ。今は名誉棄損の被疑者の七割は初犯だ。前科がついたら就職活動にも影響するぞ。若い身空で人生を棒にふりたくなかったら、おとなしく速やかに帰れ」

あくまで冷静に、立て板に水のごとく説明してやると、充はそわそわとし、なんだよ……とぼそりとつぶやいた。そして怯《おび》えたように踵《きびす》を返した。

走り去っていく充の足音が小さくなっていく。

「……や、やだぁ、孝之すごい。なんだか弁護士みたいだったわよ」

花沢が乙女のように両頬に手を当てる。

その隣で気まずそうに視線を逸らしている蜂谷に、入江は憮然《ぶぜん》と向き合った。

「とりあえず帰らせるためにああ言ったが、おまえにも非はあったぞ。好きでもない相手に告白されてどうしてつきあう。思いやりのあるおまえらしくもない。たまにモテたから嬉しかったのか?」

「え?」

「普段モテないやつほど舞い上がってしまうものだからな。気持ちはわかるが」

「ちょっとちょっと、レオレオはモテるわよ?」

途中で花沢が口をはさんだ。

「やっぱり孝之って変わってるわ。顔も性格もいいレオレオがどうしてモテないと思うのかしら。言っとくけど、レオレオに彼氏がいない時期なんて大学入ってから――」

「良太郎!」

蜂谷が花沢の口をふさぎ、入江はぽかんと屈辱のアホ面をさらした。

「……じゃあ、おまえ、この三年間ずっと彼氏がいたのか?」

問うと、蜂谷はひどく気まずそうに目を伏せた。

「結局、知らなかったのは俺だけか」

居間に戻って、しかたないので鉄板焼きの続きに戻った。

「つまり蜂谷はモテモテの引く手あまたで、告白してくるやつとはとりあえず一度はおつきあいをし、しかし三ヶ月続かず、つきあっては別れ、つきあっては別れ、つきあっては別れ、つきあっては別れ、つきあっては別れ、つきあっては別れ、つきあっては別れ――」

「壊れたの？」

花沢に突っ込まれ、入江はぬるくなったビールを飲んだ。ツーショットプリクラを見た日から蜂谷に彼氏がいるのか気になっていた。そして彼氏登場でショックを受けたがあっという間に破局し、ショックが引いたかと思ったら、もっと衝撃の事実を知らされた。

――ああ、なんだかよくわからないがすごく不愉快だ。

入江はポケットから取り出したマンションの鍵をテーブルに置いた。

「これは返す」

「え、なんで」

蜂谷が驚いたように問う。

「持ってられるわけないだろう」

男をちぎっては投げ、ちぎっては投げしているやつをぶさかわ清純派のように誤解し、かわいそうだから自分がつきあってやろうかとまで考えた自分はどれだけアホだ。

羞恥と悔しさが押し寄せてきて、耐えがたい気持ちになる。道徳観念なんて眠たいことを持ちだす気はないし、歴代彼氏がかわいそうだろうと偽善者ぶるつもりもない。

ただ単純に、猛烈に、怒髪天を衝く勢いで腹が立つ。

自分が腹を立てる筋合いではないのはわかっている。なのに、もやもやぐるぐるした言葉にならない感情を抑えられない。いついかなるときも冷静沈着であらねばならない職業を目指す者として、今の自分は落第だ、最低だ、こんなのは自分ではない。

「鍵は今までどおり持っててほしい」

「ああ?」

眼鏡を外してにらみつけると、蜂谷はびくりと肩をすくめた。

「彼氏がいるやつの家の鍵なんか持っていられるわけないだろう」

「彼氏は家に入れないから」

「さっきのやつもそう言ってたな。どうして男を家に入れないんだ」

「そ、それは」

「それは?」

「…………おまえが…………くるから」

心底困ったような上目遣いで見られ、舌打ちをしたくなった。くそ、そんなかわいい顔をするな。つい許してしまいそうになるじゃないか。そんな手に乗ってたまるか。

「おまえ、そういうことを言うなと俺は前から言ってるだろう」

「そういうこと？」

「おまえがくるからとか、そんなことをほいほい言うから男は誤解をするんだ。『お、こいつイケんじゃね？』と男に思わせてしまうような、つけ入る隙がありまくりの態度をなんとかしろと俺は常々言っているんだ。自分からそういう事態を招いておいて、『あたしは普通にしてるのに、なんで男の子はあたしを好きになっちゃうんだろう』とさも困ったふりで、相談された友達がぬるい目しか返せない、めんどくさい自慢をするタイプの女と同じだ」

「なんだよそれ。めちゃくちゃな言いがかりつけんなよ」

さすがに蜂谷もむっとした。

「つか俺も前から言ってるだろう。俺は誰にでも優しいわけじゃない」

「いいや、おまえを見てるとそうは思えない。おまえはただの八方美人だ」

「ちょっと、ふたりともやめなさいよ」

花沢がとりなしに入るが無視した。

「じゃあ、おまえが優しいのは俺にだけなのか。だとしたらそれはなぜだ」

問うと、蜂谷は急に口ごもった。

「そ……それは、お、おまえは大事な……友達だし」

「歯切れが悪すぎる。やっぱりおまえは誰にでも優しいんだろう」

「ちがうって言ってるだろ」

「とにかくこれは返す」

テーブルに置いた鍵を蜂谷のほうに押しやった。

「いいってば。返されたって使い道ないし」

蜂谷もこちらに押し返してくる。

「また彼氏ができたら、そいつにやればいいだろう」

また向こうに押しやる。

「家には出入りさせないからいいんだって」

また押し返される。

「毎回外デートもしんどいだろう」

「デートなんてしないからいいんだよ」

「デートもしないで、どこでやるんだ」

蜂谷が硬直した。

「そ、そんなことしないからいいんだよ」

耳まで赤く染めている蜂谷を、入江はまじまじと見つめた。男をとっかえひっかえしているくせに清純ぶるなと言いたい。しかし蜂谷は本当に泣きそうな顔をしている。ああ、そういえばさっきの男もキスもセックスもさせてくれないと言っていた。

「おまえ、そういうことをしないのか?」

「おまえに関係ないだろう」

蜂谷は泣きそうな顔でぷいと横を向いた。

「つきあってるのに、なぜしない」

「だからおまえに関係ないだろう」

「もしかして、まだしたことがないのか」

「もっと関係ないだろう！」

キレ気味に言われたのでビンゴだ。

「それでよく今までの相手が我慢してたな」

「だから続かなくて駄目になるんだよ」

なるほど。納得できる説明だった。そして蜂谷があの頭の悪そうな男と『していない』、さらに『今まで誰ともしていない』、という事実にほっとした。ほっとしながら首をかしげる。

なぜ、この場面で自分が安堵するのか。

友人に対して妙な独占欲を抱いている自分が気持ち悪い。

説明できないものが自分の中にあるという感覚も気持ち悪い。

入江は自分の中に死角や盲点を作るのがなにより嫌いだ。

「……まあ、次回はそういうことをしてもいいと思える相手とつきあうことだな」

自分に対して言い訳が立つよう、友人っぽいセリフを吐いてみた。しかし実際はそんなことちらっとも思っていないので、言葉はしらけたように聞こえた。蜂谷が唇をかむ。

「……な、なんだよ。そんなのおまえに言われたくないし」

蜂谷が泣きそうに表情を歪ませ、入江はぎょっとした。

「どうした」

「……別に」

蜂谷は顔をかくすように横を向き、スンと鼻をすすった。

「お、おい、まさか泣くんじゃないだろうな。俺はそんなにひどいことは言っていないぞ。男が簡単に泣くな。男が泣いていいのは親と惚れた相手と子供と親友が死んだときだけだ」

なんとかしたいのに逆効果な言葉しか出てこない。充相手には冴えまくった自分の弁舌能力はいずこへ。焦る間にも、蜂谷の鼻の頭が徐々に赤くなっていく。

まるで崖っぷちに立たされたような気分だった。なぜだ。酔った親父にどつかれまくったときも、借金取りが家にきたときも、こんな切羽詰まった気持ちにはならなかった。

硬直していると、いきなり後頭部を花沢にどつかれた。

「孝之の馬鹿！」

「な、なんだいきなり。うわ、やめろ」

鍛えぬかれた黄金の両足で背後から蟹《かに》ばさみを決められ、ぽかぽかと頭を殴られた。

「あんたもたまには痛い思いしなさいよ。あんたみたいな鈍感なドーナツ脳には乙女の気持ち

はわかんないのよ。鬼、悪魔、調子に乗ってんじゃないわよ」

「わけのわからんことを言うな。殴るな。脳細胞が死ぬ」

「そのわからんちんな脳細胞が死んだら、少しは乙女の世界が拓けるかもしれないわ」

「そんな世界は拓いていらん」

「問答無用。うおりゃあああ」

蟹ばさみのままヘッドロックまで決められ、ぐえっとおかしな声が出た。そのとき、小さく笑う声が聞こえた。見ると、蜂谷がこらえきれないように笑っていた。

「蜂谷、笑ってないで助けろ」

「やだよ。おまえがやられてるとこなんて滅多に見られない」

蜂谷はおかしそうに携帯のカメラをこちらに向ける。

「やめろ、撮るな」

文句を言いつつ、ほっとしていた。情けない姿を映像で残される屈辱よりも、蜂谷が泣かなかったこと、それ以上に蜂谷が笑っていることに安堵する自分を不思議に思う。

ひどい家庭に生まれたおかげで、自分のハングリー精神は常に磨かれてきた。このまま地べたを這いつくばり続けてたまるか、ほしいものは自分の力で手に入れろ、勝負は勝たなくては意味がない、ビビったら負けだ——という前のめりの姿勢でやってきた。

けれど、そんな自分にも怖いものがあったのだ。鼻の頭を赤くして、今にも泣きそうだった蜂谷を思い出すと心臓が嫌な感じにざわめく。一体これはなんなんだ。

蟹ばさみをされたまま、入江は携帯のカメラを向けている蜂谷を見つめた。


目覚めると、散らかった蜂谷宅のリビングが目に入った。昨日はいろいろあったが最後はいつもの飲み会に戻ってしまい、そのまま蜂谷の家で寝てしまった。

「おはよう」

声をかけられ、振り返るとカウンター越しにキッチンに立っている蜂谷の姿が見えた。

「おはよう。花沢は？」

「七時に起きてそこらへん走りにいった」

「さすがだな」

「コーヒー淹れてるけど、飲む？」

「飲む」

入江は立ち上がってキッチンへいった。

「濃い目に淹れてくれ。頭が痛い」

「二日酔いだよ。昨日は珍しく飲んでたし」

蜂谷がコーヒー豆を半杯追加する。

「昨日はいろいろ衝撃だったからな」

シンクに後ろ向きにもたれ、入江は蜂谷を見た。気づいているだろうに、蜂谷はこちらを見ない。湯が注がれる音と一緒に、コーヒーの香りがキッチンに立ち込める。

「……かくしてたわけじゃないんだけど」

蜂谷がこちらを見ずに言う。

「なんか言い出しにくくて」

「花沢には言えて、なんで俺には言えないんだ」

「……それは、なんとなく」

なんだそれは、とむっとしたが我慢した。つきあいが長いといっても、おねしょの数まで知っている幼馴染みの花沢と比べたら、自分と蜂谷のつきあいはたかだか四年だ。

自分たちは友人だと思っていたが、蜂谷が男をとっかえひっかえしているビッチだとは想像もしなかった。いや、キスもセックスもしない場合はビッチではないのか。こういうのはどう定義するのだろう。男心をもてあそぶ小悪魔？　ビッチのほうが出し惜しみしない分まだ潔く感じるが、どっちにしろ入江の知っている蜂谷のイメージからはほど遠い。

けれど、自分が蜂谷のなにを知っているというのだろう。

甘ちゃんで花畑だが素直で心根が優しい、というのが自分の中の蜂谷像だった。しかし今はまったく知らないやつに思える。いきなり貯金がゼロになったような心もとなさだ。

ちらりと見ると、蜂谷もこちらを見た。

ひどく困った顔をしていて、わずかないらだちが生まれた。

「そういう顔をするな。何度言ったらわかる」

「どんな顔だよ」

蜂谷が唇をとがらせる。

「その顔もやめろ」

「だからどんな顔だよ」

――俺を『こういう気持ち』にさせる顔だ。

つかみどころがなく、もやっとしているのに、ぎゅっと息苦しい感じは説明できない。こんなことは初めてで自分だって困っている。困りすぎて腹が立つくらいだ。

「どうして、好きでもないやつと次々つきあうんだ」

「…………」

「黙るなよ」

「だって、言ったら嫌われそうだし」

「嫌うか。ガキじゃあるまいし」

「……だって」

蜂谷はもごもご言いながら、ふたりぶんのコーヒーをカップに注ぐ。

「もしかして、家の中がもめてるのか？」

蜂谷が首をかしげた。

「家庭が荒れてるやつほど、恋人に依存しやすくなると聞いたことがある」

「うちは普通だよ。父さんはたまに浮気するけど、惚れてるのは母さんだけだし。おまえ流に言うと、おまえのほうこそめちゃくちゃ恋人に依存しやすいタイプってことになるぞ？」

「馬鹿を言うな。俺は誰にも依存しない」

鼻で笑い飛ばしたが、待てよと首をひねった。

誰にも依存しないと言いながら、試験前になれば当然のように蜂谷のマンションに厄介になり、無意識に卵をみやげに買ってふわふわオムレツを作ってもらう。この環境を失いたくないと思い、当分は蜂谷に彼氏を作らないでほしいと願い、蜂谷にはずっと彼氏がいたと発覚した今は腹を立てている。これは依存ではないのか。

入江はおそるおそる隣を見た。

「な、なんだよ、そんな怖い顔して」

蜂谷が怯えたように唇をとがらせる。だからその口をやめろ。かわいいだろうが。自粛させようにも無自覚なのでタチが悪い。こういうのを魔性の男と言うのだろうか。

「入江、なんか顔赤いぞ。熱でもあるんじゃないのか」

額に蜂谷の手がふれ、思わず払いのけてしまった。予想もしなかったのだろう、蜂谷はまばたきをしたあと、「ごめん」と気まずそうに目を伏せた。

「いや、悪い。今のはちょっと……」

「俺も悪い。ガキじゃないのにな」

蜂谷は笑い、コーヒーカップにミルク多めに砂糖を半杯入れる。きっかり入江好みの分量に罪悪感が湧いた。ああ、今の自分はなんなんだ。まったくコントロールできない。

そのとき、テーブルに置きっぱなしだった入江の携帯が鳴った。こんなときに誰だといらいらしながら居間へいく。見ると母親からだった。今日帰ると伝えていたから、どうせ帰りにかさばる重いものを買ってきてくれとかそういうのだろう。

『もしもし、俺だ。なにが足りない。みりんか、醬油か、油か』

『お父さんが危ないの』

『え？』

『急変したの。すぐ病院にきなさい』

それだけで携帯は切れてしまい、入江は床に置きっぱなしだった鞄を拾い上げて玄関に向かった。蜂谷がなにごとかと追いかけてくる。

「どした。なんかあったのか」

「親父がやばいらしい」

えっと蜂谷が目を見開いた。

「病院いってくる。片付けもしないで悪いな」

「そんなのいい。あ、俺もつきそう」

蜂谷は居間に引き返して財布を取ってきた。ふたりで靴を履いていると、玄関が開いてジャージ姿の花沢が帰ってきた。

「ただいまー、あれ、ふたりともどこかいくの？」

「入江の親父さん、容体変わったんだって。今から病院いってくる」

花沢も表情を変え、「あたしもいくわ」と踵を返した。


まったく馬鹿な話だった。父親は前の晩にかくれて酒を飲み、明け方にナースコールで看護師が駆けつけたときは吐いた血で枕が真っ赤だったらしい。

父親はたくさんの機器につながれたまま、家族への言葉も残さず息を引き取った。あまりにあっさりとしていたので、死亡を確認した医者から、お亡くなりになりましたと告げられてもにわかには信じられなかった。だってあの親父だぞ。あの……。

——勝手に殺すな。こんなもん迎え酒で治るんだよ。

そんなことを言いながら生き返るんじゃないかと待っていたが、父親は目を閉じたまま一向に起き上がる様子もなく、入江《いりえ》たちは看護師にうながされて病室を出されてしまった。

廊下には蜂谷《はちや》と花沢《はなざわ》が待っていた。なにを言えばいいのかわからず、とりあえず首をかしげた。かしげたあと、なぜ自分は首をかしげているんだろうと思った。

「入江」

蜂谷が手をつないでくる。そのまま幼稚園児のように廊下のベンチに連れていかれ、ふたりで並んで腰を下ろした。花沢は少し離れた場所からこちらを見守っている。

「……親父、かくれて酒飲んだらしい」

入江はべたりと壁にもたれ、天井を見上げてつぶやいた。

「肝硬変で入院しているのに、酒を飲んだらどうなるか考える頭もなかったみたいだな。散々家族に迷惑をかけて、正真正銘クズの末路だ。情けなさすぎて涙も出ない」

会社からリストラされたショックから何年も立ち直れずに、自分の人生も家庭も酒でぐずぐずにした最低の父親だった。新卒で入社した会社に定年までいるつもりだったのかと、自分の世代では疑問に思うことも、父親の世代には大きな衝撃だったのか。世代間ギャップ。それらを差し引いても最低な父親という認識は覆らない。保険金を残せなんて贅沢《ぜいたく》を言わないから、これ以上借金をふくらます前にくたばっちまえと願ったこともある。

普段は小心者のくせに、酔っぱらうと気が大きくなって、母親や子供に暴力をふるう。怒鳴り声がすごすぎて近所が警察を呼んだこともある。中学のときからこつこつバイトをして貯めていた金を借金取りに差し出したときの悔しさは一生忘れない。

――俺は親父みたいな駄目人間にはならない。

――こんなクソみたいな環境には負けない。

――甘やかされて育ってる連中には負けない。

――なにがなんでも自力で這い上がってやる。

今までの数々の父親の悪行を思い出し、そのたび誓ったことを思い出す。いつもなら腹が立って、どん底家族全員、自分がサルベージしてやると奮起する。

なのに、今はなにも湧いてこない。

腹も立たないし、やる気もみなぎってこないし、かといって悲しくもない。

ただ、間に合わなかったという後悔ばかりが湧いてくる。

あと三年待ってくれれば、自分は弁護士になった。そうしたらバリバリ稼いで、父親がやりたがっていた飲食店を開くことだって――ああ、でもそこからイソ弁で修業をして、独立するにはまだ何年かかかる。考えるほど、自分への腹立ちが込み上げてくる。

なにがどん底家族をサルベージするだ。結局なにもできないまま父親は死んでしまったじゃないか。自分はなにもできなかった。

「……あの、このたびはご愁傷さまでした」

ふいに声をかけられ、顔を上げるとスーツ姿の男が立っていた。こういうものですと差し出された名刺には葬儀会社の名前が入っている。病院と契約を結んでいる業者のようだ。

「御遺体をお運びいたしますので」

そう言われても、よく頭が回らなくて困った。視界の端で、いつも気丈な母親と佳織《かおり》が肩を寄せ合って泣いている。引きこもりの孝《たかし》は廊下に四つん這《ば》いになり、顔をかくしてイヤホンで大音量で音楽を聴いている。冷静なのは自分だけだ。自分が仕切らなくては。

「……あの、御遺体を」

ふたたび業者が言う。頭ではわかっているのに、なぜか反応できない。

「すみませんけど、もう少し待ってもらえませんか」

答えたのは蜂谷だった。

「はい、お気持ちはお察しいたしますが」

「察してくれるなら、もう少し待ってください」

「もちろんでございます。しかし一刻も早く御遺体が安らげる場所にお連れするほうが……」

と口では言うが、病院は一刻も早く病室を空け、次の患者を入れる準備をしなくてはいけないのが本音だ。この病院は早すぎると思うが、世の中なんて所詮《しょせん》そういう――。

「いいから待てよ。親が死んだんだぞ」

蜂谷の声がふいに低くなり、思わずそちらを見た。

「そっちの都合もあるんだろうけど、親が死んですぐいろんなことできるわけないだろう。こんなときに少しの時間が待てない、思いやりのないとこに葬式を任せられるか」

声高に怒鳴るのではなく、声のトーンをぎりぎりまで低くしている。いつも穏やかな蜂谷が本気で怒っているのを初めて見た。四年もつきあってきて初めて——。

——俺のために。

からからに干からびていた場所に、じわりと水がしみ込んでいくように感じた。停止していた感情が動き出す。馬鹿な父親への怒り。そんな父親を失った悲しみ。泣いている家族を守らなくてはという気概。あらゆる感情がいちどきに込み上げ、大量の涙になって目からこぼれそうになる。慌てて拳をにぎりしめた。泣くな。おまえは長男だろう。

「取り乱してすみません。父を運んでください」

入江が立ち上がると、業者はほっと笑顔を浮かべ、すぐに不謹慎だと気づいて神妙な顔でかしこまりましたと頭を下げた。蜂谷が心配そうにこちらを見ている。

「入江、無理するな。俺が手続きとか代わるから。頼りにならないかもしれないけど、でも絶対にちゃんとする。なんでも言ってくれ」

自分のために懸命な蜂谷を、今すぐこの場で抱きしめたくなった。

ちがう。抱きしめるふりで優しい肩に寄りかかって甘えたかった。なあ蜂谷、俺、間に合わなかったよと泣きごとを言いたかった。でもそれはできない。自分は長男だから、母親と佳織と孝を守らなくてはいけない。ふーっと長い息を吐き、入江は下腹に力を込めた。

「ありがとう。俺は大丈夫だ」

「……でも」

不安そうに見つめられ、苦笑いが浮かんだ。

「だから、そういう顔はやめろって」

ぱちんと軽く頬をぶって、また連絡すると蜂谷に背中を向けた。それから抱き合って泣いている母親と佳織の肩を叩《たた》いた。ふたりがぐしゃぐしゃの泣き顔でこちらを見る。

「た、孝之、お父さん、死んじゃった」

「……お兄ちゃん」

ぼろぼろ泣いているふたりをまとめて抱きしめて、「俺がいるから大丈夫」と母親の背中を叩き、「おまえはなんも心配するな」と佳織の背中を叩いた。それから足元で四つん這いで丸まって泣いている孝の背中を軽く踏みつけた。孝が顔を上げる。

「……兄ちゃん、どうしよ。俺、父さんと最後にしゃべったの二年前」

真っ赤な目の孝を見て、胸が差し込むように痛んだ。あのクソ親父め。もともと悪いのは父親なのに、死というものは過程を吹っ飛ばし、残された側に悔恨を焼きつける。

「……兄ちゃん、俺、どうしたらいい？」

縋《すが》るように問われ、入江はふたたび下腹に力を入れた。

「最後になにか言ってやれ。アホでも、ボケでも、カスでも、なんでもいい」

そう言うと、孝は小さくうなずき、よろよろと立ち上がった。

母親の肩を抱き、霊安室にいく前に振り向いた。

「蜂谷、花沢、こんなところまでつきあってくれてありがとう。こっちはなんとかやるから、おまえらはもう帰ってくれ。また落ち着いたら連絡する」

笑顔を向けると、花沢は涙と鼻水をすすった。

「手伝いが必要だったら、いつでも言いなさいよ」

人目も忘れてオネエ言葉になっている花沢に心から感謝した。

その隣で、蜂谷はじっとこちらを見つめていた。口を真一文字に結んで、両手を硬くにぎりしめている。さっきの自分と同じく、泣くのをこらえているのが見て取れる。

怖いほどの真顔で、自分だけを見つめている蜂谷をひどく近くに感じた。

人が死ぬということは大変だ。葬儀の手配に追いまくられ、家族ほど悲しみに浸れない。余計なことを考えないですむと思えば、いいことなのかもしれない。

葬儀と一緒に初七日までやってしまい、母親は三日休んだだけですぐに会社にいき、佳織も学校にいった。気丈なふたりらしい。しかし孝はずっと居間にいる。パーソナルスペースの自室ではなく、家族みんなが集う居間。引きこもらないのが逆に心配なので、入江は大学を休んでそばにいた。男兄弟なので特には話はしないけれど――。

五日目の朝、孝が中学の制服を着て部屋から出てきたとき、家族全員がぽかんとした。変にリアクションすると引き返しそうだったので、みんな普通を装い、「いってきます」と孝が家を出ていくのを見送った。そのあと、母親は父の位牌《いはい》に駆け寄った。

「お父さん、孝が学校いったわよ。すごいわ、お父さんのおかげよ」

「孝が引きこもりになった原因は親父だぞ」

突っ込むと、「そういえばそうだったわね」と母が振り返った。

「ふうん、一応末っ子の責任だけは取って逝ったか」

佳織が言い、母親が「ほんとだね」と涙ぐみながら笑った。それを見て佳織もふふっと泣き笑いをし、入江は久しぶりに母親と妹の笑顔を見られたことに安心した。

母親が会社に出勤し、佳織も高校にいき、入江も二限目から大学にいこうと用意していたときだ。玄関が開く音がして、振り返ると孝が立っていた。

「孝、どうした？」

「……やっぱ無理だった」

「クラスのやつになにか言われたのか」

嫌な想像が広がり、入江は目つきを鋭くさせた。

「おはようって、みんな言ってくれた」

「じゃあ教師か」

「先生は教室で俺の顔を見た途端、泣きそうになってた」

みんな気遣ってくれてるじゃないか。なにが駄目なのだ。

「……そういうの、なんか重い」

ぼそりとつぶやくと、孝は疲れたように踵《きびす》を返した。自室のドアを閉める前に、「昼は焼きそば塩味がいい」と聞こえ、入江はぶちギレそうになるのを理性でこらえた。

——やっぱり親父だな！　最後まで半端しやがって！

腹を立てながらも台所にいって残り野菜で塩味の焼きそばを作ろうとしたが、中華麺がなかったのでうどんで作ってやった。文句があるなら食うな。一食くらい抜いても人間は死にはしない。いいや、この際、十食くらい抜いて生死の境をさまよって根性を入れ替えてほしい。

「孝、兄ちゃん、大学いくからな」

一応声をかけてから家を出て、ムカムカしながら六限目まで講義を受け、わずかにムカつきを残しながら地元に帰り、家へと歩きながら空を見上げ、ふっと立ち止まった。

——あ……。

今夜は晴れていて星がよく見えた。夏の大三角がくっきりと夜空に見えないラインを引いている。一瞬心がからっぽになって、唐突にうっすらとした悲しみが流れ込んできた。

——ああ、なんかくる。

葬儀の手配や家族の様子に気を配っている間はよかった。それが一段落して、いきなりやってきた。悲しいとか、さびしいとか、砂消しでざりざり心をこすられる感覚。あと十分も歩けば、生まれたときから住んでいる市営住宅が見えてくる。けれどこんなざまでは帰れない。

――俺は長男だから、落ち込んでる姿は見せられない。

夜道にぼうっと突っ立ったまま、つかめる藁《わら》を必死にさがす。家族は論外。友人、知人、親戚、順番にバツをつけていく。最大の拠り所である弁護士になって金を稼いで家族をサルベージするという夢も、今はなんだか空気の抜けた風船のように感じる。

あれも駄目。

これも駄目。

そして、最後にひとつだけが残った。

――いいから待てよ。親が死んだんだぞ。

四年間のつきあいで、蜂谷が本気で怒ったところを初めて見た。温厚な蜂谷が自分のために本気で怒った。それだけのことが自分を勇気づけ、冷静さを取り戻させてくれた。

――ああ、そうか。

眼前に広がる夜空から、ゆっくりと納得が降ってくる。

――俺は、蜂谷がいないと、駄目なのか。

呆然《ぼうぜん》とした後、衝撃の事実に深い眩暈《めまい》を起こした。

信じられないし、信じたくないけれど、認めるしかなかった。

自分は完璧ではなかった。強くもなかった。誰かの支えを必要とする普通の人間だった。理想とはほど遠い現実。なのに、いついかなるときも強靭《きょうじん》な精神で自己をコントロールする理想の自分になりたいとは思わなかった。今となっては、なれるとも思わなかった。

入江は駅へと引き返した。蜂谷のマンションがある最寄り駅で電車を降り、途中にあるスーパーに寄って卵を買った。

蜂谷のマンションにつき、チャイムを鳴らしたが返事はなかった。キーホルダーにはこの部屋の鍵がぶら下がっている。いつものようにそれで入ればいい。なのに蜂谷への気持ちを自覚した今は使うのをためらう。入江は玄関にもたれて溜息をついた。

——なんてざまだ。

時は金なりという言葉は真実だと入江は思っている。失ったら二度とは取り返せないという意味では、時間は金よりも貴重なものだ。なのに、恋とはなんて非生産的なものだろう。

自分にあきれていると、エレベーターの音がして蜂谷が現れた。コンビニの袋を持っている。玄関前にいる入江に気づき、心配そうに駆けよってきた。

「入江、どうした。なんかあったのか？」

「え？」

「だって、いつもくる前に連絡するだろう」

言われて初めて気がついた。訪ねる前には連絡をする。そういう常識的な手順を踏むことすら吹っ飛んでいた。相手の都合など知らない。自分が蜂谷に会いたい。それだけだった。

「なにもない。急に会いたくなっただけだ」

そう言うと、蜂谷はほっとしたように表情をゆるめた。

「……けど、合鍵使えばいいのに」

玄関を開けながら蜂谷が言う。なにか言いたそうな横顔にピンときた。

「ちがうぞ。おまえに男がいるからとか、そんなんとは関係ないから」

「うん、いや、なんか、ごめん」

なぜか蜂谷は謝った。関係ないと言っているのに、絶対に誤解している。

「とりあえず入れよ」

「ああ、これみやげ」

スーパーで買ってきた卵を渡すと、蜂谷は口元だけで笑った。

「オムレツ作ろうか？」

問われると、猛烈にそれが食べたいことを自覚した。だから無意識に卵を買ってきたのだろうか。どれだけ蜂谷に依存しているのだと、ほとほと自分にあきれてしまう。

「食う」

蜂谷は笑ってうなずいた。

「おばさんとか、みんなどう？」

キッチンでオムレツの準備をしながら蜂谷が聞いてくる。

「ぼちぼちだな。葬式のときはありがとう」

「なんもだよ」

蜂谷が片手で卵を割っていく横で、カウンターのコンビニの袋に目をやった。中にはできあいの弁当が入っていた。

「珍しいな。おまえがコンビニ弁当なんて」

「そんなことない。よく食うぞ」

「やたら野菜出すし、完全自炊派だと思ってた」

「おまえがきてるときだけだよ。おかしなもん食わせたくないし」

——俺のため？

ちらっと見ると、ハッと蜂谷もこちらを見た。

「変な意味じゃなくて、食わせる相手がいないとそんながんばれないんだよ。おまえはうまそうに食うから作り甲斐《がい》あるっていうか、俺も一応食いもん屋の息子だし」

なるほどなとうなずいた。おかしな期待をした自分が恥ずかしい。

蜂谷は手早くオムレツを作り、居間のソファにふたりで並んで食べた。

「うまい」

毎度毎度、スフレのようにふっくらした口当たりに感心する。

よかったと蜂谷が笑う。心底ほっとする味で、ここしばらく張り詰めていた気持ちが一気にゆるんでいく。けれど、もうわかっている。こんなふうに安らぐのはオムレツがうまいからだけではなく、それを作ってくれる蜂谷の存在のおかげだ。

「あ、そういやこないだ実家からうまいハムもらってきたんだった。一緒に母さんが凝ってる無農薬野菜と国産のオリーブオイルも。それでサラダ作ってやるよ」

腰を浮かそうとした蜂谷を引き止めた。

「わざわざいい」

「安心しろ。おまえの嫌いなパプリカは入れないから」

入江は苦笑いをした。高校時代から今まで親しくつきあって、お互いのことは大方知っていると思っていた。けれど本当はなにもわかっていなかった。自分の気持ちすら——。

「蜂谷」

「うん？」

首をかしげる蜂谷の腕をつかんで引っ張り、うわっと倒れ込んできた蜂谷を抱きしめた。

「い、入江？」

蜂谷をソファに押し倒し、真上から見下ろした。こんな角度で蜂谷を見るのは初めてで、すごい勢いで心拍数が上がっていく。死にそうなほど苦しく感じる。

「……入江、どした。やっぱなんかあったのか？」

心配そうな蜂谷に腹が立った。こいつは危機感がなさすぎる。こんな絶体絶命の体勢で人の心配をしている場合か。もしくは自分がそれほど安全圏の男ということか。

「嫌なら抵抗しろ」

「え？」

「今からキスをするから、されたくなかったら『やめろ』と言え」

弁護士を目指す身として、性的行為の無理強いなどけっしてできない。弁護士を目指していなくても、そんな卑劣な行為に及ぶことは男として許されない。

「早く言ってくれ。たった三文字だ」

しかし蜂谷は唇をかみしめたままじっとしている。

一秒、二秒、三秒……。心の中で数えながら、いつまで待つのが妥当なのか考えた。二十歳を越えた成人同士として、意思確認には十秒ほど待てば充分な気もするが、恐怖で動けないという可能性を考慮すると十秒でもまだまだという気もする。

――どうしよう。どうしていいかわからない。

組み敷いたはいいものの、進むことも引くこともできない状況に嫌な汗が浮かんでくる。なんだこのみっともなさは。こういう男をヘタレというのではないか。

――ヘタレ？　この俺が？

ひどいショックに精神が崩れ落ちそうになったときだった。

「……入江」

蜂谷が手を伸ばしてきた。入江の首にからめ、やんわりと自分に引き寄せていく。うながされるまま顔を寄せ、そのまま唇が重なった。

——合意……っ。

心の堰《せき》が切れて、眼鏡を投げ捨てるように外した。

覆いかぶさり、体重をのせた重いキスに蜂谷が息をもらす。

「……んっ」

キスをかわしながら、蜂谷のシャツの裾《すそ》から手を入れた。熱くてなめらかな手触りにぞくりと肌が粟立つ。ああ、やばい。このまま最後まで突っ走りたい衝動に襲われる。

「蜂谷、抵抗しろ」

「……え？」

「止まらないかもしれない」

一瞬、間が空いたあと、

「……いい。止まんなくて」

与えられた了承に、瀕死《ひんし》だった理性が息を吹き返した。

「馬鹿を言うな。ちゃんと考えて返事をしろ。雰囲気に流されるな」

「え、でも」

「おまえ、初めてなんだろうが」

問うと、蜂谷の顔が急激に赤らんでいく。

「……おまえ、うるさい」

泣きそうな顔でにらみつけられ、全身の血が沸き立った。

ぎゅっとしがみつかれ、勢いよくくちづけ、蜂谷の舌を搦《から》め捕《と》った。熱く濡《ぬ》れた粘膜の感触にくらくらする。強い酒を飲んだような、酩酊《めいてい》に似た感覚に襲われる。

背中を突き飛ばされたように勢いよくくちづけ、蜂谷の舌を搦め捕った。

キスは唇から頰へと流れて、小さな耳たぶに軽くかみついた。弾力のある肉の感触をあじわったあと、細くて長い首筋にくちづけた。淡い塩味。蜂谷の肌はうっすら汗ばんでいる。ぴちりと張りついてくる感覚に煽《あお》られて、頭全体が熱くなっていくようだった。

首筋を軽く吸うと、蜂谷が息をもらして身体をよじった。シャツの下から忍ばせた手が、意思よりも先に動き出す。なめらかな脇腹を通過してベルトを外した。

蜂谷のそれは下着の中でもう反応していた。やんわりと揉《も》みしだくと、先端がじわりと濡れてくる。もっともっととねだられているようで、夢中で上下にこすりあげる。

「……や、やだ、それ」

小さな訴え。それは全然『やだ』とは聞こえない。

「や、だ、入江……っ」

手の中のものがどんどん張り詰め、蜂谷がひゅっと息を吸い込んだと同時にはじけた。窮屈な下着の中、放たれたもので入江の手はぐちゃぐちゃになった。

自分の下で息を乱している蜂谷を見つめた。熱があるみたいに顔が赤い。目は潤んでぼんやりしている。頼りない様子がたまらない風情で、気持ちがますます逸る。そろそろと背後に指を忍ばせていくと、びくりと蜂谷が身を震わせた。

「嫌か？」

ひどくせまい場所だった。

「い、嫌じゃない…けど……」

蜂谷が放ったものを潤滑剤にして、指でなぞるように表面をほぐし、ゆっくりと中にもぐらせていく。蜂谷が眉間に皺《しわ》を寄せた。

「痛いか？」

蜂谷は首を横に振る。しかし思い切り嫌そうな顔をしている。そりゃあそうだろう。こんなところに指を入れられたら、自分だったら相手を蹴り飛ばす。

「……っ、ふ、んう……っ」

苦しげな息をもらす唇にくちづけながら、慎重に後ろを広げていく。少しずつ馴染んで、最初よりはずいぶんやわらかくなった。けれど挿入するには圧倒的に潤いが足りない。ほぐれてきたのはいいが、時間をかけすぎて乾きはじめている。

「蜂谷、なにか濡らすものはないか」

問うと、蜂谷がゆっくりと目を開けた。

「……え、なに?」

顔全体がほんのり上気し、目もとろんととけている。完全に委ねきっている様子に、準備万端で挑まなかった自分の不甲斐なさが身に沁みる。恥を忍んでもう一度聞いた。

「なにか濡らすものはないか」

蜂谷は意味がわからなそうにしたあと、ハッと目を見開いた。

「あ、ああ……、えっと、なんか、なんかないかな」

目をきょろきょろさせながら「キッチンに母さんからもらった国内産のオリーブオイルがあるけど……食いもんだしな」とか「ヘアワックス……は身体に悪そうだし」とか「あとはハンドクリームが洗面所に……」とぶつぶつつぶやきはじめた。

「わかった。少し待っててくれ」

入江は身体を起こし、落ちている眼鏡をかけ直して洗面所へ向かった。

意思の力で抑えているが、顔から火が出そうに恥ずかしい。

せっかくいい雰囲気だったのに、絶対に蜂谷は我に返っただろう。己の手際の悪さを糾弾したい。しかし、まさかこんな展開になるとは夢にも思っていなかった。

いや、そんなのは言い訳にしかならない。どんな状況でも、性行為での失態は男の沽券《こけん》にかかわる。次は絶対に完璧にしよう。次は完璧に……。

果たして、次があるのだろうか？

次を待つまでもなく、居間に戻ったら蜂谷は正気に戻っているかもしれない。考えているうちに、徐々に中心が力を失くしていく。どんな逆境にも立ち向かい、自力で道を切り開いてきた自分の分身とは思えない。童貞とはなんと繊細なものだろう。

――戻っても、勃《た》たなかったらどうしよう。

内心の怯えをかくし、ハンドクリームを手に戻ると、蜂谷はなにやらごそごそとズボンを脱いでいる最中だった。入江に気づき、あっという顔をした。

「あ、し、下着濡れてて気持ち悪いから脱いだだけで、その、やる気満々とかじゃ……」

真っ赤な顔でシャツの裾を引っ張って股間をかくしている姿に、萎えかけていた下半身がぐっと復活した。すごい。無意識なのだろうが、やはりこいつは魔性の男だ。

「続きをしていいか」

蜂谷は耳まで赤くしてこくりとうなずいた。

自分もシャツを脱ぎ捨て、蜂谷をラグに押し倒した。今度は眼鏡を外さなかった。蜂谷との行為をちゃんと見たいというスケベ心が働いたのだ。続きを了承したくせに、蜂谷は横を向いたまま目を合わせようとしない。顎をつかんでも、ぐっと抵抗される。

「こっちを向け」

「嫌だ。恥ずかしい」

強引にこちらを向かせてくちづけると、蜂谷の身体から力が抜けていく。素直な反応がひどくかわいい。クリームを蜂谷の背後に塗りつけ、何度も注ぎ足して中まで潤ませていく。必要な手順なのに待ちきれず、こちらが先に暴発しそうになってきた。

「するぞ」

声をかけると、蜂谷がおそるおそるという感じでうなずいた。

腰を浮かせ、背後にそれを押しつける。蜂谷がぎゅっと目をつぶる。

早く早くと急く気持ちを抑え、ゆっくりと入っていく。しめつけながら包み込まれる感覚に思わず声がもれそうになる。ただ入っていくだけなのに限界がやってくる。

――ああ、まずい。これはまずすぎる。

こらえろ。こらえてくれ、俺よ。しかし最後まで入れきったところで、堰《せ》き止めていたものすべてが快感となって放出されてしまった。びくびくと身体全体が痙攣《けいれん》する。ああああ、やっちまったああと思いながら射精の快感に飲み込まれていく。

「……もしかして、いった？」

問われ、がくりと全身から力が抜けた。

「……悪い」

最奥まで入江を受け入れたまま、蜂谷はとろけた顔をしている。

「いいよ。全然」

　よくない。まだなにもしていないのに終了なんて、絶対に童貞の早漏だと思われた。童貞なのはその通りだが、自分は早漏ではない。自分でするときはもっともつ。みっともなさに目を合わせられないでいると、背中に蜂谷の手が回された。

「……なんか、おまえ、おもしろいな」

　言葉が隕石となって頭に直撃したように感じた。おもしろい。おもしろい……？

「こんな余裕ないおまえ見たの初めてだし」

　ぎゅっと抱きしめられ、みっともなさが倍増した。まさか自分が「おもしろい」と評される初体験をすることになるとは夢にも思わなかった。というか、こいつにはデリカシーというものがないのか。怒りが羞恥を跳ね返し、雄としての闘争本能に火がついた。

「続けるぞ」

「え？」

　戸惑う蜂谷に、かみつくようなキスをした。互いが発する湿った息で眼鏡がくもり、逆に蜂谷の姿が見えなくなる。ええい邪魔だと投げ捨てるように外した。

「入江、な、なんか中……」

　つながっている部分はすっかり力を取り戻していて、蜂谷が戸惑うように訴える。小さく腰を動かすだけで、蜂谷の口から短い声が飛び出す。

「痛かったらすぐに言え」

蜂谷は、ん、ん、と歯を食いしばったまま何度もうなずいた。揺れに合わせて、放ったばかりのものが濡れた音を立てる。ぬめりのおかげで、さっきよりも動きやすい。

そろそろと腰を引き、また奥までゆっくりと入り込む。

やわらかく潤んでいるのに、ぴたりと張りついてしめつけてくる。

全身の毛穴がざわつくような快感だった。

「それ……、や、やだ」

奥まで入り込んだ状態で腰を回すたび、蜂谷が泣きそうに顔を歪《ゆが》める。痛みではないことは、表情やもれる声の甘さからわかった。それでも達するには足りなそうで、先走りをこぼしている蜂谷の性器に手を伸ばした。

後ろを穿《うが》ちながら強くこすり上げると、たまらなそうに蜂谷が腰をよじる。もれる声も蜂蜜みたいに甘くとろけていき、こちらも限界がやってくる。

「い、入江、もう……っ」

ぎゅっとしがみついてくる。次の瞬間、引きつった声音と一緒に蜂谷がはじける。つながっている場所がきつくしまり、入江も二度目の高みに引きずり込まれた。

翌朝、目覚めると蜂谷の寝顔が真横にあった。

あのあと蜂谷の寝室に移動して、気絶するようにふたりで眠りに落ちたのだ。

蜂谷はぽかんと小さく開いた口から微量のよだれをたらしている。

――アホ面なのに、なんでこんなかわいく見えるんだ。

目覚めのぼんやりした余韻のまま見とれていたが、徐々に現実が迫ってくる。

友人相手にとんでもないことをしてしまったと、今さらな焦りが込み上げてくる。

今まで男をとっかえひっかえしていたわりに、きちんと守っていた蜂谷の初体験を自分がいただいてしまったのだ。責任を取らなくては……などとは思わない。

責任などではなく、『ちゃんとしたい』と自ら熱望している。

子供のころから、自分が家族を支えるのだと思っていた。それを苦と思ったことはないし、逆にモチベーションにしてきた。一方、それだけでいっぱいいっぱいだったのも事実だ。そういう自分をさりげなく支えてくれていたのが蜂谷だったことに、ようやく気づいた。

おそらく自分は、自覚するずっと前から蜂谷に惚れていた。

蜂谷が目覚めたら、ちゃんと伝えよう。

わずかな緊張と高揚に包まれる中、ん……と蜂谷が身じろぎをした。まだ眠いのか、うーんとぐずりながら眉根を寄せ、ゆっくりと瞼《まぶた》を持ち上げていく。

「……あー……、入江……はよー……」

しばらくぼんやりしたあと、ふいにスイッチが入ったように蜂谷は目を見開いた。

「おはよう！」

はじかれたように起き上がり、露《あら》わになった素肌に気づいて慌てて入江に背中を向ける。すんなりとしているのに貧弱ではない、肩甲骨が美しく張り出した背中に見とれた。

蜂谷は床に落ちているシャツを拾って羽織り、うつむき気味にボタンをとめている。入江もサイドテーブルに置いてあった眼鏡をかけた。沈黙が続く。

——なにか言わねば。

しかし変に間が空いてしまったせいで、今さらおはようと言うのもおかしい。なら、もうさっさと『つきあおう』と本題に入るか。いや、本題というなら、まずはこちらの気持ちを伝えるのが先だ。よく考えたら、昨日、自分は蜂谷に好きだと言わなかった。

「蜂谷」

背中を向けたまま蜂谷がびくりと肩を震わせた。

「俺とおまえが出会って四年ほど経つわけだが……」

口にしてから、そこからかよ、と入口が手前すぎたことを後悔した。しかしここでぐずつくわけにはいかず、走りながら軌道修正することにした。

「この四年間、おまえはすごくいい友人だった。もちろんおまえだけじゃなく花沢もだが」

今、花沢をからめなくてもいいだろうとふたたび後悔した。冷静で明晰《めいせき》な頭脳を持ち、レポートも論文も得意な自分が続けて二度も論旨を迷走させるとは。俺、どうした？

「最初はなんて甘やかされた花畑だろうとあきれたが、おまえはそのぶん素直だし、性格もいいし、なんの因果か知らんが長いつきあいになってしまった」

ああ、そうじゃない。これじゃあ褒めてるのか貶《けな》してるのかわからんぞ。軌道修正。軌道修正。過去から離れて、この先もつきあっていきたいと伝えなくてはいけない。

「自覚はしていなかったが、まさかおまえがこれほど大事な友人になるとは思わなかった。俺は、これからも長くおまえとつきあっていきたいと思っている」

いいぞ、あと一歩だ。俺はおまえが好きだから、これからは恋人としておつきあいを——。

「俺は——」

なぜか言葉が詰まり、あれっと驚いた。頭の中で完璧に組み上がっている告白の言葉が、なぜか喉元で凍りついている。再度チャレンジするが、ふたたび同じところで詰まる。

「俺は——」

「俺は——」

「俺は——」

壊れたレコーダーのように繰り返す。

なぜだ。普段は快調に回る舌がもつれまくる。

——おまえが好きだ。つきあってくれ。

簡単な言葉がどうしても口から出ない。それどころか心臓は早鐘を打ち、体温がぐうっと上がっていき、顔全体が熱くなり、額にじわりと汗が浮く。

「……入江？」

蜂谷が振り返り、様子のおかしい入江を見てぎょっとする。

「入江、どうした？」

「い、いや、なんでもない。俺は――」

しかしまた言葉が詰まり、壊れたレコーダーが出現する。俺は……、俺は……と繰り返す入江を見て、蜂谷の表情がどんどん曇っていく。駄目だ。絶体絶命だ。

「気にするなよ」

そう言うと、蜂谷は身体ごとこちらに向き直った。

「えっと、その、昨日のことはちょっとした事故だから」

「え？」

入江はまばたきをした。

「おまえ、ちょっといろいろまいってたんだろう？」

「まいる？」

「しかたないよ。親父さん亡くしたばかりなんだから」

確かに父親を亡くしたショックはあった。弁護士になり、クソ親父を真人間にし、どん底一家をサルベージする。自分を鼓舞し高めるモチベーションの源を失ったのだ。

けれど、それと昨日のことは別だ。

「蜂谷、俺は——」

「いいから、昨日のことは忘れよう」

惚れた相手との初体験。そんな大事なことを忘れられるかと言う前に、

「俺は忘れるよ」

いつになくきっぱりとした口調に口をふさがれた。

「俺だって、これからも入江と友達づきあいしたいよ。こんな出会い頭のうっかり事故みたいなことでおまえと切れるの嫌だし、だから昨日のことはなかったこととして忘れよう」

——切れる？

頭が真っ白になった。寝たからといって蜂谷との縁が切れるなんて考えもしなかった。

けれど、よく考えたらそうなのだ。

自分は蜂谷が好きで、これから恋人としてつきあっていきたい。けれどそれはこっちの勝手な気持ちで、蜂谷のほうはこれからも友達としてつきあっていきたい、だから昨夜のことは忘れようと言っている。それはつまり、とどのつまり……。

——俺の片思いなわけか。

全身から力が抜けていった。

「友達なのに、なんで俺と寝た？」

力が抜けたせいで、冷静に質問ができた。

「今までの彼氏にもさせなかったんだろう？」

「…………それは」

「それは？」

問いながら、まだかすかに期待をしている。

「……だって、俺ら、友達だし」

「は？」

「だ、だから、へこんでる友達を励ましたいっていうか」

かすかな期待もぷつんと切れた。ああ、こいつはやっぱり花畑だ。いや、それを通り越して天使だ。そういう超越した生き物だとでも思わなければ理解できない。

「おまえは、へこんでるやつがいたら誰とでも寝るのか？」

嫌な聞き方だった。すぐに訂正して謝ろうとしたが――。

「なわけないだろ。ふざけんな」

低い声にひやりとした。これは本気で怒っている声だ。怒りと悔しさが混ざり合った表情で入江をにらみつけると、蜂谷はふっと目を伏せた。

「おまえは特別なんだよ」

「…………」

「親友だから、出血大サービスだ」

――そんなサービスいるか。

思わず怒鳴りつけそうになったが、寸前で飲み込んだ。蜂谷は怒っているような今にも泣き出しそうな顔をしている。自分には蜂谷の考えていることはわからない。

けれど確かなことがひとつある。

キスをしても、セックスをしても、自分たちの間には越えられない壁がある。

四年もかけてコツコツ作り上げた友情という障壁。行き止まりだとわかったなら引き返せばいいのに、人の気持ちはそう便利に切り替えられない。袋小路だ。

「……入江？」

不安そうな蜂谷と目が合い、のろのろと脳みそを動かした。

友人関係に恋愛を持ち込んだら終わるし、自分は蜂谷を失ったら駄目になる。

つまり、この気持ちは秘密にしておかなければいけない。

簡単にはじき出された結論に心が折れそうになった。しかしここで折れるわけにもいかず、覚悟を決めていつもの自分の仮面をかぶった。

「そうだな。今さら俺とおまえの間で愛だ恋だはない」

ふっと鼻で笑い、失恋の傷を振り切るように強がりを重ねた。

「今さらおまえとどうにかなるなんて罰ゲームだ」

心にもないことを言う自分に、蜂谷も笑って返してくる。

「それはこっちのセリフだ」

「けど、これからはへこんでる友達を励ましたいとかアホな理由でやったりするなよ」

「やった本人に言われたくない」

「ああ、悪かった。俺ももう二度としない。だからおまえもするな」

「わかったよ。しつこいな」

「おまえはしつこく言うくらいでちょうどいいんだ。この花畑が」

「うるさいな。こっちの気持ちも知らないで」

「それは俺のセリフだ」

何度もキスをかわして身体をつなげた翌日だというのに、普段となにも変わりない。いつもの調子でこぜりあいをしながら、初恋は叶わないという言葉を思い出していた。一体誰がそんなことを言ったんだろう。真実すぎて殴ってやりたくなる。

その日を境に、蜂谷は初恋の相手で、親友で、この先長く続く片思いの相手になった。

# 初恋の嵐

前を歩く支店長たちの会話が耳に入ってくる。

「先月開店した『きらめきコッコ』、もう食いログベストテンに入ってたぞ」

「まじかよ。ふざけた名前のくせに」

「鶏のうまみがすげえんだよな。レモンと香菜《シャンツァイ》がのってて、のぞきにいったら女も多いんだよ。最近ラーメン屋攻める女増えたよな。三十分も並んじまった」

「食ったのか」

「敵情視察だって。まあ向こうはうちなんか敵とも思ってないだろうけど」

蜂谷《はちや》の隣を歩く岩田《いわた》専務の顔が引きつった。

——ああ、ふたりとも、これ以上は言わないでください。

蜂谷が危機感を込めて咳払いをすると、支店長たちが振り返ってぎょっとした。

「い、岩田専務、あ、いや、その、すみません」

ぺこぺこと頭を下げながら足早に階段を上がっていくふたりを、岩田専務が苦虫をかみつぶしたような顔で見送っている。

「まったく。あんなのが店長だとは頭が痛い。しかも坊ちゃんの前で」

「……はは」

蜂谷は苦笑いでごまかした。

——というか、会社では坊ちゃんって呼ばないでほしい。

岩田専務は『蘭々《らんらん》』の古株で、蜂谷が子供のころから「坊ちゃん、坊ちゃん」とかわいがってくれた人で、興奮するとつい癖で坊ちゃん呼びが出てしまう。

蜂谷が株式会社『蘭々』に入社して、今年で三年目になる。

東京《とうきょう》から約一時間半、都会でもなく田舎でもなく、どこにでもあるような地方都市だが、ここ何年かでいろいろと様変わりした。蜂谷が学生のころからぽつぽつラーメン屋が増えはじめ、今ではラーメン激戦区と呼ばれ、テレビの取材も頻繁にくるようになった。

といっても、取材されるのは蜂谷家経営の『蘭々』ではなく、ラーメン界に新風を巻き起こすなんちゃら系とか、売り切れ御免で営業時間が決まっていない幻のなんちゃらとか、ラーメンマニアがSNSで語るピンの店ばかりで、チェーン展開の『蘭々』は新世紀ラーメン戦争からはぽっかり取り残されているのが現状だった。

他店に押されて売り上げは下降の一途、社員一丸となって打ち出した季節メニュー『真夏の燃えるトマトラーメン』や『秋のほっこりキノコクリームラーメン』、『冬のぽかぽか味噌《みそ》ちゃんこラーメン』は逆に安っぽい印象を与え、だったらデザートに力を入れようと流行にのってパンケーキやかき氷も出した結果、『蘭々』は高校生やお子さま連れファミリー、老人の憩いの場となってしまい、形態としては限りなくファミレスに近づいている。

それが悪いとは言わないが、あくまでラーメン屋の看板にこだわる社長には、『蘭々』の現状は我慢ならないもので、今年に入って打開策を練るための会議が頻繁に開かれている。

「思い切って『蘭々』の看板を捨ててみるのはどうでしょう」

最後に意見を述べた蜂谷に、ずらりと居並んだ幹部が顔を引きつらせた。

今日は月に一度の全店会議で、本社役員と各支店の店長が全員そろっている。社長を中央に会議室の上座に役員が、対面する形で本社部長・課長・支店店長が並ぶ。後継ぎとして蜂谷も参加しているが、身分としては平社員なので末席に座っている。

「捨てる?」

上座中央で蜂谷の父親、つまり社長がただでさえいかつい顔をさらに歪《ゆが》めた。地元で名を馳《は》せたヤンキーチームのリーダーだった若いころのまま、永《えい》ちゃん風短髪に黒シャツ、シルバーチェーンのネックレスを決めた父親の迫力は今も衰えていない。

——ちょっとは衰えてくれてもいいんだけど……。

と息子の蜂谷のみならず、役員も思っているだろうが口に出せる者はいない。カリスマ性のある迫力社長の元、社員一丸となって目標に邁進《まいしん》する。それが創業以来ワンマン経営を貫いてきた『蘭々』の強みであったのだが、今となってはそうとも言えなくなってきている。

「蜂谷くん、うちの会社の名前を言ってみろ」

会社なので、そこは親子でもやはり名字で呼ばれる。

「株式会社『蘭々』です」

「会社を捨てるってどういうことだ」

鋭い眼光に怯《おび》えつつ、蜂谷はなんとか踏ん張った。

「すみません。言葉をまちがえました。捨てるのではなく、新しい看板を追加するのはどうでしょうか。『蘭々』とは味も店構えもちがう、いうなれば弟分みたいな新しい事業を――」

「くだらん。却下」

たった二言で切り捨てられ、いやいやいやと追いすがった。

「でも『蘭々』の名前はお客さんに悪い意味で、いえ、いろいろ浸透しすぎてるので、ここは今ブームのこだわりの一杯を提供する別看板の店を出してみるのはどうでしょう。ラーメン激戦区といわれる泉田《いずみだ》駅裏エリアなんかにバーンと一発、このジリ貧を脱出するために――」

「なにがジリ貧だあっ」

いきなりの怒声に、蜂谷をふくめた社員全員がひぃっと身体をすくませた。

「フェアメニューの打ちすぎやデザート祭りは確かに失敗だった。しかし『蘭々』の屋台骨はあくまで元祖鶏白湯《とりパイタン》そばだ。レモンや香菜がのったラーメンなのかフォーなのかわかんねえようなもんがもてはやされるブームなんかに乗ってたまるか。まあ、うまかったが」

――父さん、『きらめきコッコ』食ったのか。

「そもそもフェアだデザートだって、流行りに乗っかったことが売り上げ不振の原因だ。だとしたら、もう二度と脇見はせずに本道である鶏白湯そば一筋に戻るのが筋ってもんだ」

——戻れないよ。地元じゃもう『蘭々』はファミレスって思われてるし。

「他の看板上げる余裕があったら、ひとつでも多く『蘭々』の支店を増やすんだ」

——だから、増やせば増やすほどファミレス化するんだってば。

「改めて心をひとつにするぞ。全員起立。『蘭々』五ヶ条斉唱！」

社長の言葉に、会議室にいる全員が慌てて立ち上がった。

「ひとーつ、わたしたちはお客さまの心を大切にし、満足感と幸福感を高めます」

「ひとーつ、わたしたちは欲ではなく愛でラーメンを作ります」

「ひとーつ——」

創業以来の企業理念を唱えながら、蜂谷は敗北感に打ちのめされた。

——ああ、今日も駄目だった。


「そりゃあさ、父さんの言いたいことはわかるんだよ。苦しいときほど基本に立ち返るってのは大事だ。けど、『蘭々』の現状に関しては時代を読めてないと思う。みんな心の中ではうっすら思ってるのに、面と向かって意見できる人は役員の中にもいないし」

自宅キッチンで豚骨スープをかきまぜながら蜂谷はぼやき続ける。

「父さんは俺のこと尻に殻つきのヒヨコだと思ってるし、まあ実際そうなんだけど、スーパーバイザーとして支店回っても、古株の店長とかだって『あー、はいはい、ボンボンおつかれおつかれー』って舐《な》めた態度だし、いくらなんでもアレはないんじゃないかって思うんだよ。こっちはちゃんと市場リサーチして、数字見た結果でもの言ってんのに」

会議でも支店回りでもストレスがたまることはなはだしく、最近の休日はワンマンな父親への密かな反逆として、自宅キッチンで起死回生のラーメンスープの研究にいそしんでいる。

「お、そろそろかな」

豚骨スープに微妙にとろみがつきだし、蜂谷はガスの火を止めた。これ以上炊くと臭みが出る。繰り返し濾《こ》したあと、調味料の配合を少しずつ変えて味をためしていく。まずは自腹で取り寄せたフランスの高級岩塩だ。ちょいちょいと入れて味見する。

「……うーん?」

舌の上にのせ、上顎とゆっくりこすり合わせるように味を確かめ、すうっと香りを鼻に逃がしていく。個性の強い塩という触れ込みだったのに、豚骨に負けている。

「なあ入江《いりえ》、このスープどう思う?」

キッチンカウンター越しに居間を見ると、入江はソファでうつらうつらしていた。蜂谷は肩をすくめて居間へいき、ずれている眼鏡をそっと外してテーブルに置いた。

――こいつも相当つかれてんな。

最近、家に遊びにきても入江は寝てばかりいる。昨日もうちにきたのは十二時過ぎで、飯を食わせてやったらすぐ眠ってしまい、今朝も寝坊をし、朝昼兼用の飯を食べたあとが今で、遊びにというより休みにきている感じだ。

社会人三年目の蜂谷とちがい、入江は二十五歳になった今年、ようやく弁護士一年生のイソ弁になった。とはいえ大学四年のときに独学で法科大学院修了相当の予備試験を受けて見事合格、翌年の司法試験も一発で合格したのだから、やはりすごいやつだ。

その入江をもってしても、イソ弁一年目の過酷さにヒイヒイ言っている。覚えることは山ほどあり、出張も山ほど、帰宅は真夜中近い。大学＋予備試験＋司法試験＋司法修習＋司法修習生考試というハードルをクリアしてもまだ覚えることがあるってどんな世界だ。

昔から悪徳弁護士になるのが夢と言っていたので、入江はてっきり東京でバリバリやるのだと思っていたが、地元の弁護士事務所に入ると聞いたときは驚いた。入江が弁護士になったら距離ができることを覚悟していたのだが——。

入江の事務所は民事七・刑事三で、入江はサラリーマン弁護士だが個人で仕事を受ける自由もあるらしい。それでも、今のところ先輩弁護士が受け持つ案件の下調べが圧倒的に多いと言っていた。以前聞いたのは、企業内セクハラトラブルや離婚裁判などなど。

——案外、地味なんだな。

映画やドラマみたいに法廷でまくしたてる姿を想像していたと言うと、

——地味でも派手でも給料は一緒だ。

と返された。そりゃあそうだとうなずくと、

——弁護士が稼げるのは独立してからだ。そのときは見てろよ。

と入江は思いっきり悪い顔で笑っていた。

しかし、入江が口でいうほど悪どい人間ではないことはもう知っている。地味でも、派手でも、がんばっても、がんばらなくても、給料は一緒のサラリーマン弁護士。だったらもう少し手を抜けばいいのに、入江は絶対にそうしない。

入江が地元に残ったのも、もちろん口にはしない理由がある。

入江は大学時代に、入江家史上最悪のカス（本人がそう言ったのだ）である父親を亡くした。金を浪費する人間がいなくなり、それまで働きづめだった入江の母親は以前よりはのんびり暮らしているらしいが、そのぶん元気がなくなった。

兄と同じ返還免除の奨学金を受けながら東京の一流大学に通い、女子寮でひとり暮らしをしている逞《たくま》しい妹はともかく、弟は高校にもいかず働きもせず絶賛引きこもり継続中で、小遣いを母親にせびる立派なカス二号（しつこいが、本人がそう言ったのだ）に成長した。

——最近、家族間で物騒な事件が多いからな。

以前、ぽつりと入江が言っていた。

つまるところ、入江が地元で就職したのは元気のなくなった母親と、カス二号の弟をふたり

きりにさせるのを避けたのだろう。本質は変わらないまま、年を取るごとに入江は角が取れてきたと思う。しかし入江に言わせると、蜂谷もかなりマシになったそうだ。

――マシってなんだよ。元がすごくひどいみたいに聞こえるからやめろ。

――いや、実際おまえはひどかった。

と返され、ぐぬぬと奥歯をかみしめた。

高校時代の蜂谷は会社を継いだら三年でつぶしそうな花畑だったが、今は五年は持ちそうだと、褒められているのか貶《けな》されているのか微妙なことを入江は言う。二十代半ばになっても高校時代のままのやつがいたら、それはそれで問題だから、お互いこれでいいのだ。

一方で、そう簡単には片づけられないこともあった。

花沢《はなざわ》は一昨年膝の靭帯《じんたい》を切り、ようやく復帰したあと、またもや同じ場所を怪我した。陸上界をしょって立つ実力と芸能人並みのルックスで、『抱かれたいアスリート』三年連続一位の花沢をネタに、再起不能かなどと無責任にかき立てたマスコミも多く、花沢はプレッシャーと不安に耐えかね、所属する実業団に休部願を出して失踪した。

《自分探しの旅に出ます》

失踪直前、蜂谷と入江に短いメールがきた。自殺するつもりかもしれないと慌てふためく蜂谷を、ちょうどそのとき一緒にいた入江が落ち着かせてくれた。

――自殺する気なら、自分を探す必要もないから生きている。

なるほどと納得したが、花沢が姿を消してそろそろ三ヶ月になる。電話をしてもメールをしてもなしのつぶてで、花沢の家族もひどく心を痛めている。ちゃんと飯は食っているか、ストレスで病気になったりしていないだろうかと、自分たちも心配している。

「おい、どうした」

顔を上げると、いつの間にか入江が起きてカウンターの前にきていた。

「どうした。どんより溜息なんかついて」

「いろいろ。良太郎《りょうたろう》のこととか会社のこととか試作のスープのこととか」

答えながら、スープの入ったカップをスプーンでくるくるかきまぜる。

「花沢なら大丈夫だ。信じて連絡を待て」

「……自分、見つかんないのかな?」

「女になって帰ってきても、受け止める覚悟はしておこう」

「えっ、そんなメールでもきたのか? まさかタイにいくとか?」

「飛躍するな。しかし物事は多角的観点で、かつ最悪の事態を想定しておくと、いざというときに慌てなくてすむ。備えあれば憂いなしということだ」

「備えすぎだろ」

それには答えず、入江はキッチンの中に回ってきた。

「スープの出来はどうだ」

「うーん、イマイチ。怒りながら作ったからかな」

「仕事への不満については日本中九割の労働者が似たような悩みを抱きつつ耐えている。おまえは二代目なんだから時期を待て。今はボンボン扱いでも、好機は必ずくる」

入江はスプーンを取り、カップからスープを一匙《さじ》すくって口に入れた。

「……ん。普通だな」

正直な意見に蜂谷は肩を落とした。

「いくら個性が強くても、塩だけで豚の臭みを抑えるのは相当難しいんだな。で、こっちはぼたん鍋を参考に味噌仕立てにしたやつ。獣臭さはないけどだらっとした味だし、こっちの醤油は可もなく不可もなくで、豚骨醤油の有名店とは比べもんにならない」

「おまえのいいところは、素直に失敗を認められるところだな」

「俺はそんな長所より、ブルドーザー級の押しの強さで周囲を蹴散らして、ド迫力で周りを納得させられるオーラがほしい。まあ、それってまんま父さんなんだけど」

甘やかされて育った二代目は、やはりハングリーな初代を越えられないのだろうか。

「荒れ地を耕すときにはブルドーザーが必要だが、ならされた畑をさらに豊かにするためには地道な努力と忍耐が必要だ。どんな仕事も適材適所、おまえにはおまえのよさがある」

ストレートな励ましが嬉《うれ》しく、蜂谷はへへっと笑った。

「うん、サンキュ。そうだよな。俺には俺のよさがある」

「今のおまえなら、あとを継いでも七年はもつだろう」

「たった七年かよ」

「こないだまでは五年だったたし、高校時代は三年だったんだからすごい成長じゃないか」

「嬉しくない」

入江を蹴っ飛ばし、蜂谷はわざわざ取り寄せたフランス産の高級岩塩を片づけた。起死回生のスープ作りのため、棚は世界各国の調味料、冷蔵庫は自作のたれや薬味でぎゅうぎゅうだ。

「あー、けどうまくいかないな。これならうちの鶏白湯そばのほうが千倍うまい。やっぱ父さんってすごいんだよなあ。俺、ラーメン屋の才能ないのかな」

「考え方を変えればどうだ」

「え？」

「おまえの料理はうまいが、本家とは別の看板を出すとまでいうなら、そこはプロじゃないと無理だろう。調理はプロに任せて、おまえはプロデュースに回ったらどうだ」

「……あ」

なるほど。父親は料理人から社長になったが、会社の形態をとっている今、自分まで料理人にならなくてもいいのだ。もちろん社内には商品開発部があるが、新たな看板になるメニューの試作なんて絶対に協力してもらえないだろう。だとしたら——。

「会社の外で探してみるか。しがらみがないほうが自由に考えられるし。ああ、なるほどなあ。

その手があったんだよな。うん、そうと決まったら早速料理人探しだ」

久しぶりにわくわくしてきた。

「入江、サンキュウな。なんかヤル気でてきた」

「そうか。おまえは単純だから俺も助かる」

「なんだよ、それ」

「頭も気も使わなくてもいいし、休日を共に過ごすには最適な相手だ」

「あーそうですか。じゃあおつかれのおまえのためにＤＶＤでも観てだらだらするか」

「いい休日だ。ビールとつまみがあるともっといい」

「昨日の夜から仕込んだチャーシューと味玉があるけど」

「最高です。それでお願いします」

入江が頭を下げ、蜂谷は笑って用意にかかった。

居間のソファに並んで座り、昼ビールを楽しみながらアクション映画を観た。途中で入江がカーテンを引いた。二時を過ぎると日差しの角度が変わってテレビ画面が観にくくなるのだ。それを知っていて入江はカーテンを引いた。すっかり我が家だ。

ここは蜂谷が学生時代から住んでいる２ＬＤＫのマンションで、最初から入江に部屋を使わせる目的で借りた。当時の入江の家は勉強に適した環境ではなく、さりげなく勧めた結果、『ただより高いものはない』が信念の入江もうちで勉強をするようになった。

入江と出会って八年目——。

立場も考え方も少しずつ変わっていくのに、入江との関係は怖いほど変わらない。

学生時代は入江より好きになれるやつを必死でさがしたりもしたが、デートまではなんとか進めてもその先が無理で、相手を傷つけ、結果、しびれを切らした相手が家に乗り込んでくるという最悪の形で、入江に自分の行いがばれてしまった。

あれに懲りて、ここ何年かはおとなしくしている。

親友に片思い八年目なんて言葉に尽くせぬ悲惨さだが、対する入江の恋愛事情も似たようなものだから、まだ救われる。高校時代は奨学金目指して勉強とバイト。大学時代も司法試験一発合格を目指して勉強とバイト。司法修習生時代ももちろん勉強一筋、そして今は。

——イソ弁一年目で恋をしている暇なんてない。

と言っている。

——そんなこと言ってたら、一生恋人なんてできないぞ。

そう思うだけで、口にはしない。なぜなら、今の状況は蜂谷にも都合がいいからだ。

忙しい忙しいと言い、実際忙しいだろうに、入江は休みのたびにうちにくる。切ないけれど嬉しいこの状況は、その日の気分によって切ないにかたむいたり、嬉しいにかたむいたりする。

こんなふうにどっちつかずにずるずるしているから、いつまでも思いきれないのだと理性は忠告する。なのにそれ以上に大きい声で、入江と一緒にいたいと感情が暴れる。

情けないけれど、たいがいは感情が勝利する。

だから、やっぱり、今日も余計なことは問わない。

――そんなこと言ってたら、一生恋人なんてできないぞ。

そんな余計なことを言って、

――じゃあ、そろそろ恋でもしてみるか。

なんて入江がその気になってしまわないように。

ビール片手にだらだらDVDを観ていると、ふうっと酔いが回ってくる。

ぼんやりした頭がゆるゆる逆回転して、あの夜の記憶を巻き戻す。

大学時代、自分たちは一度だけ寝たことがある。

あのとき、入江も自分のことを好きでいてくれていたのだと思った。まさかの展開にもう死んでもいいと思うほど喜んだが、翌朝には地べたに叩《たた》きつけられた。

あんなに歯切れの悪い入江を見たのは、あとにも先にもあれきりだ。やたらと友達であることを強調して、『大事な友人』なんて入江らしくない言葉を連発し、顔を赤く染め、顔中冷や汗をかき、せわしなく視線を動かしていた。最後は「俺は」、「俺は」と壊れたレコーダーのように繰り返しはじめた。だから、自分から忘れようと言うしかなかった。

――へこんでる友達を励ましたいっていうか。

どう聞いても無理があると、自分でもわかっている言い訳をしたら、

――へこんでるやつがいたら誰とでも寝るのか？

と入江は聞いてきた。アホか、死ねとボコボコにしてやりたかった。

そんな理由で初体験をするやつがどこにいる。おまえが好きなんだよ。キスをする理由も、セックスをする理由も普通はそれしかないだろう。なのに、あんなに頭のいい入江が、そのことだけには気づかないのだ。そしてさらなる暴言を重ねた。

――そうだな。今さら俺とおまえの間で愛だ恋だはない。

それはまだいいけれど、

――今さらおまえとどうにかなるなんて罰ゲームだ。

そこまで言うことないだろうと、最後は泣きたくなった。

あのとき、入江は実は馬鹿なんじゃないかと疑った。勉強はできても人の心の機微に疎すぎる。花沢は入江をドーナツ脳と言っていたし、こんな男に惚れたことは不覚の一言だ。

なのに、どうして、嫌いになれないんだろう。

この野郎と思う以上に、いいところも知っているからか。

ふいに左側が重くなった。入江が蜂谷の肩にもたれている。気持ちよさそうな寝息。肩口を見ると、もう見慣れた寝顔がある。また眼鏡がずれている。起こさないよう、そっと外してやることを自分の役目みたいに思っている。

キスもした。セックスもした。

なのになにごともなかったかのように日々は過ぎていき、長年の夫婦かお笑いコンビのように息ぴったりな自分たちの関係は、ある意味完成形に達してしまった。このまま百年一緒にいられそうだし、もう一日だってもちそうにない。行き止まり感が半端ない。

テレビを消して、静かな午後の部屋で入江の寝息だけを聞いた。

たまに高校時代に戻りたいと思う。

片思いでも、昔はこんな窒息しそうな気持ちにはならなかった。


翌週から、会社の仕事と並行して理想のラーメン職人探しにいそしんだ。

知り合いにラーメン屋を目指しているやつがいないか声をかけ、調理学校も回り、昼食や夕食はリサーチがてら人気のラーメン店を巡る日々。それを三週間ほど続けたあと、風呂上がりに鏡を見てぎょっとした。腹が出ている……。そりゃあ昼夜ラーメン生活を続けていたらこうなるだろう。その夜から腹筋をはじめたのはいうまでもない。

翌日の夕飯も人気の店にいったのだが定休日だった。しかたない、たまにはちがうものを食べるかと辺りを歩いていると、大通りから一本引っ込んだ道に、食べ物屋らしき移動販売車が停まっているのが目についた。流行りのおしゃれな感じではなく、素っ気ないバンに簡単に『松田《まつだ》』と書いてあるだけだ。あれが店名なのだろうか。

近づくと、簡易キッチンのついたバンの中に、長めの髪を後ろで一つに結んだ若い男が座っていた。すみませんと声をかけると、びくっとこちらを見る。

「ここはなに屋さんですか?」

「あ、ああ、えっと、そば……です」

若い男は妙におどおどとしている。

「日本そば?」

「いえ、あの、そばというより、ラーメン?」

と首をかしげられて困った。客に聞いてどうする。

「ああ、中華そばですか。じゃあ醬油——」

「あ、うち、そういう普通のじゃないんで」

それまでのおどおどと打って変わり、男は目を合わせないまま、かぶせるような早口で否定した。なんだか入江の弟の孝《たかし》を思い出した。以前遊びにいったとき珍しく居間にいたので、ちょっとコミュニケーションを取ってみようと流行りのアニメの話を振ったら、

——あれはライトオタ向きだから俺は見ませんけど。

と目を合わせないまま、すごい早口で言われ、惚れた相手の弟とのコミュニケーションは三秒で終了した。妙な親しみが湧いてきて、とりあえず一杯くださいと言った。

「……ラーメンじゃないですよ?」

「大丈夫です。ちょっと食べてみたいんで」

笑顔を向けると、若い男は「……じゃあ」とのろのろと立ち上がった。

——うわ、覇気なさすぎ。食わせる気あるのかよ。

バンの前に並んだ簡易のテーブルセットで待つ。ほとんど期待はしていない中、出てきたのは汁なしそばだった。台湾風と銘打ったものを以前食べたことがある。うまかったのだが、辛すぎて途中で味がわからなくなった。アレ系かなと思いつつ蜂谷は箸を取った。

「いただきます」

メインの具は汁なしそばにありがちなミンチではなく、とろとろに煮込まれた絶品の塩チャーシューだった。口に入れるとほろりと崩れて感激した。うまい。ナムルっぽい味を想像していたほうれん草と玉ねぎは奥行きのあるライム風味の塩味で、あっと蜂谷は目を見開いた。

——これ、あの百グラム二千四百円のフランス産岩塩だ。

せっかくの高級岩塩を自分は無駄にしたが、ここではちゃんと野菜の甘みを引き出していい仕事をしている。けれど脇役みたいにいいかげんに添えられたプチトマトには少しがっかりした。ファミレスの冷麺じゃないんだからさ……と口に入れ、また目を見開く。プチトマトは意表をついて甘じょっぱいマリネにされていた。酢とさっきの岩塩と、砂糖……ではなく蜂蜜と白ワイン。これはいいアクセントになる。蜂蜜もワインもいいものを使っている。

——流行ってなさそうだけど、これで元取れるのかな。

つい余計な心配をしてしまったくらいだ。具材を検分したあとは、いよいよ麺にとりかかる。使われているのは和そばだった。和洋ミックスかと食べて驚いた。和そばに見えるのは全粒粉を使っているからで、食感は和そばと中華麺の間くらい。香りとコシが強く、ざらっとした表面にたれがよくからむ。たれは濃厚な塩味で、かくし味にナンプラー。

「……うまかった」

思わずつぶやき、サービスでついているお茶を飲むとジャスミン茶だった。個性の強いラーメンの余韻が、華やかな香りで再度くっきりと舌の上で像を結ぶ。

——おいおいおいおい、あいつ、ただ者じゃないだろう。

ゆっくりと消えていく余韻を堪能したあと、蜂谷はトレーを返しにいった。

「ごちそうさまでした。すごくおいしかったです」

「あ、ああ、どうも」

男は客の目も見ずにおかしな方向に頭を下げた。こらこら、お客さまにそんな態度はありえないだろう。おまえほんとに客商売か。と思いつつ、蜂谷は問いかけた。

「あなたがこの麺を作った方なんですか」

「……あ、はい、一応」

男は今度は警戒心の強い目を向けてきた。一応ってなんだ。一応って。

「松田さん、でいいんですか？」

バンのロゴを見ながら問うと、「……はい」とぼそぼそと答える。

「突然で申し訳ありません。自分はこういう者です」

名刺を取り出して渡した。松田の口が『蘭々』という形に動く。

「はちや……ししさん？」

「あ、いえ、獅子と書いてレオと読みます」

恥ずかしい思いで答えると、松田が「は？」とようやく蜂谷と目を合わせた。

「あー……、なるほど、レオさん……、なるほど」

思い切り憐《あわ》れみの目を向けられ、蜂谷は歯噛みした。ああ、くそ、いいかげん慣れたとはいえ、名刺交換のときはいつも切ない。ここはぐっとこらえる。

「松田さんはどこかで修業をされていたんですか？」

「いえ、独学です」

「独学でここまで？」

驚いた。生まれつきセンスが抜群なのだろう。

「こんなにおいしいのに、お店は構えないんですか？」

「……本当にそんなにおいしかったですか？」

松田はおずおずと聞いてくる。なんとなく穴倉から顔をのぞかせる小動物を思い出した。

「何度も試作を重ねて、これだって思ってたんですけど、いざ販売車出したら全然お客さんきてくれないし、実はおいしくないいんじゃないかって自信がなくなってたんです」

――客がこないのは、味ではなく、接客態度がまずすぎるからでは？

「店もいつかは構えたいですけど、販売車で稼ぐってあても外れたし、貯金もないし、車もレンタルの一番安いやつだし、このままじゃ店なんて一生開けそうにないですよ」

うつむきがちにぼそぼそとつぶやく松田からは、勢いのある料理人がまとうオーラは感じられなかった。逆に負のオーラが出ていて、これじゃあきた客までUターンしそうだ。

「松田さんの場合、作る人と接客をわけたほうがいいんじゃないですか」

「？」

「こんなにおいしいそばを作りながら、客の相手もするなんて大変でしょう。だから松田さんは調理に専念して、接客も含めた宣伝やプロデュースは別の人に任せるとか」

入江に言われたことそのままだが、自分で言いながら、改めてなるほどと納得させられる意見だった。松田がまばたきをしてこちらを見ている。

「そ、そうなんですかね。でもバイトを雇う余裕はうちにはないし」

「僕にやらせてもらえませんか」

「え？」

「松田さんは作る人で、僕が、いや『蘭々』がプロデュースをするんです」

松田は味はいいのに資金力も売るノウハウもなく、雑誌にもネットにも客にすら知られていない。自分は味は作れないけれど、資金とノウハウを提供できる。こんな自分たちが出会うなんて運命としか思えない。鼻息も荒くカウンターに乗り出したのだが、

「嫌です」

と大きく首を横に振られた。

「どうしてですか。お互いに足りないものを補えるんですよ。あ、僕は平社員ですけど、こう見えても『蘭々』の後継ぎです。社長は新しい看板を上げるのを反対してますけど、僕が絶対に説得します。まずは松田さんのラーメンを社長と役員に食べてもらって――」

「む、無理無理無理無理、絶対に無理です！」

松田はせまい簡易キッチンをぎりぎりまで奥に下がった。

「い、いくら売れてなくても俺は俺の魂を売ったりしません。しかも『蘭々』なんて半端なファミレス系チェーンと手を組むなんて絶対に嫌だ。一杯あたりの単価下げるためにこだわってる材料も妥協させられまくって、大量生産するために手間も省かれて、最後は似ても似つかない安っぽいインスタントラーメンみたいな味にされるんだ。そんなの絶対に嫌だ」

がくがく震えながら松田は早口で言ってのける。どこまでネガティブだ。しかも自衛がすぎて失礼すぎる言動を連発している。半端なファミレス系チェーンで悪かったな。

けれど現在の『蘭々』のイメージはそうなのだ。

プライドを持ってやっている調理人には見下されるような。

悔しくてぎりぎりと奥歯をかんだ。けれど袋小路に入っているのは経営方針だけで、父親が作り上げた看板メニューの鶏白湯そばは激ウマな自信がある。

「……あ、あの、すみません。言いすぎました」

黙り込んでいる蜂谷に松田が謝ってくる。申し訳なさが顔面に貼りついていて、蜂谷は悔しさをぐっと呑み込んで笑顔を浮かべた。

「いえ、いきなり言われても戸惑いますよね。不安に思う気持ちはすごくわかります」

「俺、興奮するとつい」

「自分のラーメンを大事にしている証拠です」

「……蜂谷さん」

「松田さん、さっき『魂』って言ったでしょう。それだけ自分の味に思いを込めているんですよね。さっき松田さんのラーメン食べて感動しました。人を感動させる食べ物を作る人なんだから、それくらいの意地とプライドがあって当然だと思います」

松田は目を見開き、わなわなと唇を震わせた。

「あ、ありがとうございます」

松田の目に、うっすらと涙の膜が張りはじめた。

「俺、家族以外の人にそんなふうに言ってもらえたの初めてです」

松田は涙ぐみながら心情を打ち明けた。味には自信がある。けれど客がまったくきてくれない。食いログに投稿された唯一の口コミは『店主がキモい』の一言。子供のころからいじめにあい、学校にいかず、ずっと引きこもっていたことなどを切々と語った。

「……そっかあ、松田くんもいろいろ大変だったんだなあ」

蜂谷は移動車のカウンター越しにうなずいた。ディープな身の上話をするうち親しみが生まれ、五つも年下ということもあり、自然と『くん』呼びになった。

「でも俺は料理がうまいからそれで身を立てろって、祖父《じい》ちゃんが言ってくれたんです。俺は麺類が好きだから、じゃあラーメン屋をって思ったんですけど……」

松田は閑古鳥が鳴いているテーブルセットを哀しそうに見つめた。

「すぐにはうまくいかないよ。だからこそ理解のある身内がいるのは心強いと思う」

「そうですね。蜂谷さんも親子二代でラーメン屋だし」

「うーん、うちの父さんはなあ……」

蜂谷は苦笑いを浮かべた。松田に引きずられるように、社内での自分の微妙な立場を打ち明ける。叩き上げのド迫力社長の父親に歯向かえず、ひたすら劣勢の現状。

「二代目っていっても、俺は反逆分子で会社では孤立してるんだよ」

「……苦労してるんですね」

溜息をつくと、コミュ障松田に同情されてしまった。

提携は断られたが、味が気に入ってよく松田の移動販売車に顔を出すようになった。いついっても閑古鳥が鳴いている店の唯一の常連として、松田もすっかり蜂谷に慣れてくれた。

「じゃあ、今日も空振りだったんですね」

「いい線いってるやつもいたんだけど、なんか決め手不足っていうか」

今日は知り合い経由で、ラーメン屋開業を目指している調理学校生を何人か紹介してもらい、知り合いの店の設備を借りてそれぞれ渾身《こんしん》の一杯を作ってもらった。きちんと勉強しているだけあって基本はできているけれど、そのぶん既存店の影響が大きかった。

「やっぱ松田くんのラーメンを食べたあとだと霞《かす》むんだよなあ」

「そんな……」

松田は恐縮しつつも嬉しそうだった。

「蜂谷さん、よかったら厨房見ますか？」

「いいの？」

蜂谷は喜んでバンに上がりこんだ。中には麺を茹《ゆ》でるためのコンロや具材を保存する冷蔵庫など、最低限の調理什器《じゅうき》がコンパクトにおさめられている。調理場は見慣れているが、キッチンカーは初めてなので興味深かった。

「麺はどこから仕入れてんの？」

「うちの祖父ちゃんの手打ちです」

「製麺所やってるの？」

「いえ、趣味のそば打ちからはじまって」

「まじで？　このレベルの全粒粉麺打てる素人ってすごいな。もうプロだよ」

「休みの日には習ってます。いつか麺も自分で打ちたいんで」

「うん、最終的にはそうなるよな」

話しながら物珍しさからあちこち什器をのぞき込む。

「蜂谷さん、そこ滑りやすいから気をつけて」

えっと振り向いた拍子、見事に革靴の裏が滑って尻もちをついた。松田が慌てて手を差し出してくれたが、今度は松田が蜂谷の足につまずいて倒れ込んできた。

「す、すいません」

「いや、俺もごめん、なにも壊してないかな」

言いながら、ふと気づくとすごく近い距離に松田の顔があった。

「……蜂谷さん」

「ん？」

「俺、蜂谷さんみたいな綺麗《きれい》な人に優しくされたの初めてです」

「はは、そんな綺麗なんて」

謙遜《けんそん》笑いをしたが、松田は真顔だった。

「蜂谷さんは、男の人は好きですか？」

「……はい？」

いきなりなんだ。どうした。

「は、蜂谷さんみたいな綺麗な人が、俺みたいなの相手にしてくれるわけないってわかってます。でも蜂谷さんすごく俺に優しいし、褒めてくれるし、万が一って可能性もあるなって思って、ちょうどいいタイミングなんで、思い切って聞いてしまおうと思ったんですけど」

「これのどこがいいタイミング？」

「なんか少女漫画みたいな展開でしょう。壁ドンっぽくないですか」

全然ぽくない。コミュニケーション能力の低いやつはキレると怖い。いや、それよりもこいつはゲイなのか。あわあわ焦る間にも松田が真顔で迫ってくる。

「松田くん、ちょっと落ち着こう」

「おおおおお俺は落ち着いてます。いいいいいい嫌なら逃げてください」

言われなくても逃げたい。しかし移動販売車のせまいキッチン内では身体を反転させるスペースもない。身動きできない状態で組み伏せられ、松田が唇を寄せてくる。

「…………やっ」

——嫌だ、嫌だ、嫌だ、キスは入江としかしてないのに。

「ラーメンひとつ」

そのとき、頭上から声が降ってきた。松田が動きを止める。松田の肩越しに、カウンターに思い切り身を乗り出して、こちらを冷たく見下ろしている入江の顔があった。

「聞こえなかったか。ラ・ア・メ・ン・ひ・と・つ」

無表情な上に威圧感のある注文の仕方に、松田が我に返って立ち上がった。

「あ、あの、うちはラーメンというかそばというか」

いつものようにもにゃもにゃとつぶやく松田に、入江がすっと眼鏡を外した。

「どっちでもいいから早く作れ。俺は死ぬほど腹が空いてるんだ」

瞬時にチンピラにチェンジした入江に、松田がさあっと青ざめる。慌てて立ち上がり、調理にかかる。間一髪で危機を脱出した蜂谷はテーブルセットにいる入江の元へ走った。

「入江！」

よくきてくれた、助かったと言う前に、

「よう」

とごく普通に挨拶をされ、あれ？　とテンションが下がってしまった。

「よ、よう」

こちらも普通に返し、しおしおと向かいに座った。普通はあんな状況を見たらなにか言うものだが、入江は蜂谷のことなど知らんぷりで、すごい目でキッチンをにらみつけている。

「ああ、腹がへった。へりすぎてイライラする」

――俺のキスシーンより食欲か……。

そんなものだよなと、蜂谷はいまさらな溜息をついた。

「入江、今日どうした。ここ事務所から遠いのに」

「おまえがうまいうまいを連発するから、一回食ってみようと思っただけだ」

「あ、そうなんだ。店主はちょっと不審だけど味は保証する。俺が惚れた味だからな」

「……へえ、惚れた」

入江はすうっと薄く笑い、「……楽しみだな」とふたたびキッチンを食い殺しそうな目でにらみつけた。相当腹がへっているらしい。はらはらしていると、松田が盆を持ってキッチンからでてきた。セルフサービスの店なのに、よっぽど入江が怖いようだ。

「お、お、お待たせしました」

テーブルに置かれた汁なしそばを、入江はじっと見た。

「入江、早く食えよ。すっげえうまいぞ。あ、紹介するな。こっち店主の松田くん」

「は、は、はじめまして。松田です。いつも蜂谷さんにはお世話になって……」

松田にしてはちゃんとした挨拶だった。

「どうも。ストーカーなどで訴えられた際はうちにどうぞ」

松田は出された名刺を受け取り、「弁護士さんだったんですね」と心底安堵《あんど》したようにつぶ

やいた。安心しすぎて、すごく失礼なことを言われたことに気づいていない。

入江は黙々と汁なしそばを食べ、食べ終わると速やかに席を立った。なぜか眼鏡は外したまま、ごちそうさんとにこりともせずに松田に言い置いて帰っていった。

――結局、最後まで松田くんとのキスシーンにはふれなかったな。

動揺の欠片《かけら》もない入江の態度が、本当にいまさらだが悲しくなる。入江にとって自分はジャスト友人だ。わかっていても落ち込んでいると、隣で松田も肩を落としていた。

「俺のラーメン、口に合わなかったみたいですね」

「そんなことないだろう。全部食ってるじゃないか」

「いいえ、これを見てください」

と指さされて容器をのぞき込むと、底にチャーシューが一枚の半分だけ残っていた。これくらい食えるだろうに、意味深な残し方がダイイングメッセージのようだ。

「これ、まずいっていう抗議ですよね。食べてる最中も鬼みたいに不機嫌だったし、普通友人の知り合いがやってる店にきたら、よっぽどじゃないかぎり、おいしかったよの一言くらい言うじゃないですか。それもなくて『これ』じゃあ」

松田は情けない顔で残されたチャーシューを見下ろした。

「いやあ、でもあいつはそういう愛想はないやつだから」

しかし自分の料理にはきちんとおいしいと言ってくれることを思い出した。実験に近いラーメンスープまで義理堅く味見して評価してくれる。入江は舌は鈍くないし、自分の料理が口に合うなら、自分がおいしいと思う松田のラーメンも口に合う気がするのだが。

——キス未遂現場に少しは思うところがあったのか……。

思わず期待しかけたが、いやいや、ないない、と自分で自分に突っ込んだ。いいかげんもう期待をするのはやめろ。あとで自分がみじめになるだけだ。

「……あの、さっきは突然告白してすみませんでした」

葛藤《かっとう》していると、ふいに松田が謝った。隣を見ると、松田はラーメンの件とはまたちがう気まずい表情をしていて、そういえば告白の最中だったことを思い出した。しかしあれは告白と言えるのだろうか。状況的にはただの痴漢というか猥褻《わいせつ》行為に近かった。

「さっきはすごくいいタイミングだったんで、つい」

——あれをいいタイミングと言うやつとは相容れない気がする。

「松田くんは女の子が苦手な人なの？」

問うと、松田は「え？」と首をかしげた。

「いえ、今まで好きになったのはみんな女の子でした。ＫＡＢ総選挙とかは力の限り推しメンにぶっ込みますし、今まで男を好きになったこともないし」

「完全ストレートじゃないか」

ゲイでもない男に、危うく入江とのキスを上書きされかけたのかと思うと怒りが湧いた。

「でも蜂谷さんのことはいいなあと思ったんです。男の人なのに綺麗だなって思ったのは蜂谷さんが初めてだし、それに蜂谷さんはうちの唯一の常連さんだし」

真冬の捨て猫みたいな目で見つめられ、それはあまりに店が繁盛しない寂しさを恋愛と錯覚しているだけでは……と思ったが、人の気持ちを否定するようで言わなかった。

「ありがとう。松田くんの気持ちは嬉しいけど、俺は誰ともつきあう気はないから」

「……はい。ですよね。やっぱり俺なんて」

「そうじゃなくて、今は仕事で頭がいっぱいだから」

鬱々《うつうつ》とうつむく松田を慰めた。

「松田くん、顔立ちは結構いいんだから、そういう暗い考え方をやめたらモテると思うぞ。恋愛だけじゃなくて接客も同じで、もっと明るく笑顔で接するとか。食べ物屋なんだし」

「無理です。これが俺だし、俺の店の個性なんです。本当の自分を曲げてモテてもそんなのはまやかしです。ありのままの自分を愛してもらえないと意味がありません」

――出た。レリゴー病。

ぶつぶつつぶやく松田は、当分ひとりの人生を歩みそうだと思った。

入江は最近さらに忙しくなったようで、昨夜の来訪は二時を過ぎていた。珍しくつきあい酒で飲みすぎたと、ろれつの回らない口調でよろめきながら靴を脱ぐ。玄関まで出迎えた蜂谷の肩に寄りかかり、危なっかしいのでかついで予備部屋までつれていった。

翌日の日曜、朝食を作っていると入江が起きてきた。おはようと声をかけたが、ああとどんよりした声で答え、ふらふらとソファまでいき、ばたりと寝転がった。

「……頭が割れそうだ」

「おまえがそんなになるまで飲むなんて初めてなんじゃないか」

「誰のせいだと思ってるんだ。あんな性犯罪予備軍みたいな男に肩入れしやがって……」

ぶつぶつ言っているが、キッチンカウンター越しなのでよく聞こえなかった。

「仕事、大変なのか」

問うと、入江はげっそりとこちらを見た。

「……おまえは平和でいいな」

死んだ魚の目を向けられ、これは相当だなと思った。

「しじみの味噌汁作ってやろうか。二日酔いにいいから」

「……よろしく頼む」

入江はクッションを抱きしめて丸まってしまった。しょうがないやつだと、蜂谷は用意していたカンパーニュをしまい、急遽《きゅうきょ》アルコール成分分解和定食に変更した。

冷凍しておいたしじみを出して味噌汁にする。噛んだときにじゅわっとするように、出汁《だし》巻き玉子は出汁を多めに入れる。塩麹《こうじ》につけた鮭にはたっぷりの大根おろしを添え、ブロッコリーのおひたしサラダ、冷凍ご飯をチンして小ぶりの梅おにぎり。緑茶とトマトジュース。

「……こんなに食えるか」

と言いながら味噌汁を飲むうちに食欲が湧いてきたようで、入江は完食した。

「おまえの飯は恐ろしいな。俺は完全に調教されている」

入江は腹立たしそうに自分の胃のあたりをなでている。

「これでおまえの飯が食えなくなったら、俺はどうしたらいいんだ」

「ずっと作ってやるから、そんな心配するな」

軽い調子を装ったが、内心本気もいいところだった。好きな相手にそんなふうに言われて嬉しくないやつはいないだろう。これからもずっと入江とこんな時間が続けばいい。恋人にはなれなくても、一番近い親友として入江のそばに——。

「だったらいいがな」

入江は立ち上がり、よろよろと皿を片づけはじめた。

「いいよ。今日は休んでろ」

ほらほらと入江をソファに座らせると、柄にもなく頼りない目で見上げられた。

「……おまえ、あのクソラ……」

「くそら？」

「……いや、なんでもない」

入江はぱたりとソファに倒れ込んでしまい、蜂谷は首をかしげた。

──『くそら』ってなんだ？

後片づけを終えて居間に戻ると、入江はうたた寝をしていた。蜂谷はいつものようにフレームが歪まないよう眼鏡を外してやり、眠る入江の横でノートパソコンを開けた。

会社の業績は低空飛行を続けていて、蜂谷は『蘭々』とコラボレーションをしてくれる新しいラーメンを引き続き探している。地元にこだわらず日本全国、ラーメン屋開業を目指している人のブログなども探して記事を読んでみる。

人気のカテゴリなので記事は多い。しかしピンとくるものがない。だんだん感覚が麻痺《まひ》してきて、休憩がてら『蘭々』の食いログをチェックした。ランキングに入る人気店に比べるとレビューが少ない。ラーメン通が語りたい店ではないということだ。たまにあっても、

『パンケーキやデザートもあって家族使いできます』

『コーヒーおかわり自由がいい』

という、好意的だがラーメンとは関係のないものばかり。しおしおとページを閉じ、ふと思いついて松田の店を検索してみた。しかし松田が言っていたように、レビューは『店主がキモい』の一件だけで、同病相憐れむコースで不憫さと怒りが込み上げた。

──松田くんはキモいけど、松田くんのラーメンはうまいんだよ！

勢いのままログインし、松田のラーメンがどのようにおいしいか、食欲をかき立てる文章で書きつらねていく。コラボレーションは断られたので、これはやらせではない。ひとりの客として正直な感想だ。しかし書き終わって投稿する段になると迷いが生まれた。

——やっぱり、飲食業界の人間としてまずいかな。

迷っていると、ふいにタッチパッドに手が伸びてきて投稿ボタンをクリックされた。あーっと思わず声が出てしまう。隣を見ると、いつの間にか入江が起きていた。

「おまえ、なにすんだよ」

「せっかく書いたラブレターなんだから送ってやろうと思って」

「ラブレター？」

「おまえにしてはかなり上出来の愛あふれる文章じゃないか。特にここ。『こだわり抜かれた具材のひとつひとつから愛情が感じられ、不器用な店主の誠実さが伝わって——』」

「音読するな！」

蜂谷は赤い顔でノートパソコンを閉じた。

「最近、おまえはあの店に夢中だな」

「だ、だって腹立ったんだよ。唯一のレビューが『店主がキモい』だぞ。ラーメンなんも関係ないじゃないか。俺が惚れた味なのに悔しすぎるだろう。なあ、おまえもうまいと思っただろう。こないだおまえがなんも言わずに帰ったから、松田くん落ち込んでたんだぞ」

入江は知らんぷりで「トイレ」と立ち上がる。

「ちょ、無視すんなよ」

シャツの裾《すそ》をつかむと、びっくりするくらいの不機嫌顔で入江が振り返った。

「まずかった」

「え？」

「あんなクソラーメン、一度食えば充分だ」

蜂谷はまばたきをした。クソラーメン？　あ、さっきの『くそら』って――。

「おまえ、あのクソラーメン野郎に惚れたのか？」

「はい？」

「あの店への入れ込みよう、度が過ぎてないか？」

入江は不機嫌顔のまま、腕組みでこちらに向き直った。

「あー……、あそこ暇だしなんか放っておけないんだよなあ。松田くんの接客がもう少しマシになったら客もくると思うんだけど、松田くんもああ見えて頑固だし、でもそれは職人として味へのこだわりがあるからで、俺はそういうとこはすごく尊敬してて――」

「誰がそんな話をしている。惚れたのか、惚れてないのか、どっちだ」

入江がゆっくりと眼鏡を外す。あれ？　なんで怒ってるんだ？

「いや、その、松田くんのラーメンには惚れてるけど、松田くんには惚れてない。彼氏だったら先行き不安すぎて困る。ジャスト友達。逆にそこから一歩も出たくない」

「じゃあ、おまえは友達とキスするのか」

「……しません」

不穏に目を眇《すが》められ、思わず敬語になった。

「しようとしていただろう。せまい厨房の中で、それ以上のことに発展しそうな勢いで」

「あれはアクシデントだ」

「どんな?」

「俺がすべって転んで、松田くんが俺の足につまずいて、ああいう状況に……」

「百年くらい前の漫画みたいな展開だな」

「……百年前に漫画はないし」

うつむきがちに、小声でごにょごにょとつぶやいた。

「それだけか?」

「……告白っぽいことはされたけど」

「全然友達じゃないじゃないか」

「断ったから友達なんだよ」

そこはきっちり言い返すと、入江の表情にいらだちがよぎった。

「馬鹿か。一度恋だ愛だを持ち込んだら、二度と友達には戻れないんだ。告白をするときは相手と切れていいという覚悟でする。そうでないなら胸に秘めておくしかない」

真顔で言うと、入江はふーっと息を吐いた。

「おまえみたいな花畑にはわからないだろうが」

久しぶりの花畑認定に、さすがにむっとした。八年間、ずっと親友への気持ちを押し殺してきた自分にそれを言うのか。馬鹿野郎。わかりすぎて胸が痛いくらいだ。

「だいたい、おまえは昔から浅はかなんだ。たいして好きでもない相手とつきあって家に押しかけられたこともあったろう。あのときは俺と花沢がいたからよかったものの、ひとりだったら犯されてたかもしれないぞ。男同士だと強姦罪《ごうかんざい》は成立しないから、強制猥褻か暴行罪止まりだな。俺はいざというときはおまえを助けてやろうと思っているが、どんなふうに、どんな手順で犯されたのか、おまえから話を聞くのはさぞかしきついだろう」

「俺だって、おまえにだけは死んでも言いたくないわ」

「だったら少しは身を慎め」

「慎んでるし。それに、そういうのはもう学生時代で卒業したんだ」

痛い思い出をほじくり返され、少しキレ気味に言い返した。

「卒業できてないから、あんなクソラーメンにつけ入られるんだろうが」

「クソラーメンって言うな。俺が惚れた味だぞ」

瞬間、入江がすうっと目を細めた。研がれたナイフみたいで恐ろしい。

「なにが『そういうのは学生時代で卒業した』だ。全然卒業できてない。もしくはまた入学しようとしているのか。俺が助けなかったらクソラーメンにキスされてたくせに、懲りずにかばうおまえは甘すぎる。このままだと、またおまえの天使属性が発動するぞ」

「天使属性？」

なんだそれと問い返すと、入江はごまかすように咳ばらいをした。

「おまえのアホが発動して『クソラーメンかわいそう→俺が助けてやらなきゃ→同情して彼氏になる→長続きせず別れる→クソラーメンストーカー化』の黄金パターンだ」

「かわいそうとかでつきあわないし」

「いいや、おまえは学生時代から少しも成長していない。このままだとおまえはクソラーメンとつきあうことになる。危険だから、もうあの店には近づくな」

一方的な言いように、さすがに頭に血がのぼった。

「勝手なことばっか言うな。おまえなんか俺と最後までやっただろ！」

瞬間、入江がフリーズした。

「…………う」

と一言つぶやいたきり、蠟《ろう》人形のように固まったまま、じわじわとおかしな汗をかきはじめた。忘れもしない、四年前、入江と寝た翌朝の反応と同じだった。

——おまえこそ、全然成長してないじゃないか。

とは口が裂けても言えなかった。動揺とは縁のない鉄壁の理論武装をしたオレさま入江の中で、蜂谷と寝たことはかなりの黒歴史なのだろう。入江に嫌われているとは思っていない。逆に一番の友人である自信はある。だからこそ、入江はこの反応になってしまうのだ。

一度恋だ愛だを持ち込んだら、二度と友達には戻れないと入江は言った。

告白をするときは相手と切れていいという覚悟でしろと言った。

そうでないなら、胸に秘めておくしかないと。

まったくその通りで、だから自分も友人のふりをしている。本当は入江と恋人同士になりたい。好きで、好きで、好きな気持ちがどん詰まりまできてしまい、発作的に打ち明けてしまいたい衝動に襲われるときもある。けれど、切れてしまうのが怖くて言い出せない。入江のことを一番好きだと思いながら、その一番好きな相手を騙《だま》しているのだ。

――入江は、こんな固まるくらい俺のこと親友だと思ってくれてるのに。

罪悪感が限界に達すると、胃の底のほうが、ねじれるような痛みが起こる。胃の痛みに耐えながら、固まって、だらだら汗をかいている入江と向かい合っていると、ふいに蜂谷の携帯が鳴った。緊張感が途切れ、助かったという気分で携帯を手に取った。

画面を見ると母親からだった。めったに電話なんてしてこないのに、どうしたんだろうと出ると、『レオたん！』と鼓膜がやぶれそうな母親の声が響いた。

『か、母さん、なんだよ、どうしたんだよ』

『レオたん、レオたん、大変よ。良ちゃんの記事見た？』

『良太郎？』

入江もフリーズを解除してこちらを見た。

『昨日発売した週刊誌に、良ちゃんの記事が出てるのよ。「陸上界きってのイケメンプリンス花沢良太郎、失踪後、新宿二丁目のバーでオネエとなって復活？」って』

二丁目、オネエという単語にどきりと心臓が大きく波打った。子供のころから知っている良太郎のスキャンダルに、母親は取り乱した様子でしゃべり続ける。

『レオたん、良ちゃんからなにか連絡あった？』

『ないよ。今初めて聞いたのに』

『……そう。あのね、だったら良ちゃんから連絡がきたらすぐに教えてほしいの。良ちゃんのお母さん、昨日から取材の電話がすごくて寝込んじゃったのよ』

『え、大丈夫なの？』

『まあ、わかっていたことだけど、それと全国的に広まることは別だものね』

『……え？』

いま、なんてった？　わかっていたこと？

『母さん、もしかして良太郎がオネ……いや、その、いろいろ知ってるの？』

核心にふれずに問うと、当たり前でしょうと母親はあきれたように言った。

『良ちゃんがそうなんじゃないかってことは、中学生のころから良ちゃんの親もわたしも薄々気づいてたわよ。部屋だってピンク一色だし、好きなアイドルはシャイニーズだし、他にもいろいろね。子供が思うよりずっと、親は子供のことを見てるんだからね』

――ということは、もしや俺のことも？

めちゃくちゃ問いたかったが勇気が出ずに、とりあえずなにかわかったら連絡すると電話を切った。ただごとではない様子に、入江がどうしたと聞いてくる。

「良太郎がオネエになったらしい」

「今さら？」

「週刊誌にそういう記事が出たんだって」

入江は眉根を寄せ、すぐに蜂谷のノートパソコンに『花沢良太郎』と打ち込んだ。

「これか。もう騒ぎになってるな」

母親から聞いた通りのことが、写真つきのトップニュースで上がっている。薄暗い店内でのかくし撮りで鮮明ではないが、派手なメイクのオネエにはさまれ、自身もばっちりメイクで胸の前で手でハートを作っているのは確かに花沢だった。頭に薔薇《ばら》の花冠をつけている。

「……良太郎、もしや、まじで取っちゃったのか？」

モロッコ。タイ。性転換。ニューハーフ。そんな単語が脳内に乱舞しまくり、呆然《ぼうぜん》としていると、おい、しっかりしろ、早まるなと肩を揺さぶられた。

「こんな写真一枚に俺達まで踊らされてどうする」

「で、でも」

衝撃がすごすぎて、さっきまでもめていたことなどすっかり吹っ飛んでしまった。

「とりあえず、今は待つしかないな。花沢がどんな姿になって戻ってきても、慌てずに受け止められるように覚悟、いや、心の準備を整えておこう」

「それって、良太郎が良子《りょうこ》になってるってことか？」

「わからないから、あらゆる事態を想定して待てと言っているんだ」

冷静に諭され、蜂谷はようやく我に返った。

「……うん、そうだよな。うん、ありがと」

そういえば、以前も同じことがあった。良太郎が失踪前に自分探しの旅に出るとメールを寄こしたとき、自殺かとパニックになった自分を入江がなだめてくれた。

「やっぱおまえの言う通り、俺は昔から成長してないんだな」

苦笑いを浮かべると、入江の表情がふっとゆるんだ。

「そんなことはない。おまえはがんばってる。さっきは俺も言い過ぎた」

「いや、言われて当然だったよ」

「ちがうと言っているだろう。おまえの場合は、その馬鹿と紙一重の天使属性さえ発動しなければ……」

「天使？」

「なんでもない。とにかく花沢の件は俺のほうでも調べてみる。なにかわかったら連絡する」

わかったと蜂谷はうなずいた。


記事がでてから一週間が経ったが、花沢とはまだ連絡がつかない。昔から花沢が乙女オネエだと知っている蜂谷や入江は二丁目と言われても、

――ああ、まあねえ。

くらいのものだが、世間ではそうはいかない。日本マラソン界をしょって立つプリンスが失踪というだけでも騒がれたのに、二丁目でオネエとなっていたのだ。

連日ワイドショーネタにされ、当該の二丁目バーに突撃取材にいっている局もあったが、本人はつかまえられずに終わっていた。できるなら蜂谷も直接会いにいきたいが、バーの名前や場所が伏せられているのでわからず、悶々《もんもん》と経過を見守るしかない。

花沢のことも悩ましいが、蜂谷自身も絶不調の日々が続いている。今月も支店の撤退が決まり、定例会議はどんよりとした停滞ムード。蜂谷は以前に却下された『蘭々』とは別看板を出す案をもう一度出した。

「口説きたい調理人もいるんです。ちょっと食べたことのない汁なしそばで――」

しかし途中で不機嫌全開の父親にさえぎられた。

「その話はもういい。店も持てない移動販売車の、それもちゃんとしたラーメンですらないもんに資金を出せるか。そんな余裕があったら『蘭々』に注ぎ込むべきだろう」

「注ぎ込んだ結果が、今の惨敗じゃないですか」

瞬間、空気が凍りついた。社長と二代目の親子喧嘩勃発に会議室が静まり返る。前列に並ぶ岩田専務が企画室部長に目配せをし、部長が課長に目配せをし、課長は主任に目配せをした。

「……あ、で、では企画室のほうからひとつ提案が」

最後のたらいを受け取った企画室主任が、遠慮がちに立ち上がった。

「テレビ局が企画している番組内でのイベントなんですが」

来年の正月特番として、お笑い芸人がチームを組んで走るB級グルメ駅伝の企画が進んでいる。区ごとのタスキ受け渡し場所に『食べ処』を設け、ランナーは日本全国ご当地B級グルメを食べるという、とりあえず食いもん出しとけば視聴率取れるだろう的な内容らしい。

「事前に各給水所で提供するご当地グルメを決定する地方予選がおこなわれるのですが、一チーム三人制、駅伝形式のその予選もテレビで放送される予定です。給水所グルメに選ばれるのは各地方一位のチームだけです。そこにうちも参加するというのはどうでしょうか。見事一位でゴールインし、正月特番で『蘭々』の名を全国区にするんです」

「……グルメ駅伝なあ」

父親は浮かれた企画に乗り気ではなさそうだったが、

「まあ、金をかけずに宣伝になるならいいだろう」

「あのっ」

すかさず蜂谷も手を挙げて立ち上がった。

「俺も、あ、いえ、僕もその企画に乗らせてください。僕が推してる『松田』でチームを作って参加させてほしいんです。そこで一位を取って『松田』の名前を売ってみせます。だから提携をもう一度検討してください。お願いします」

社長の眉間に深い縦皺《たてじわ》が寄る。うう、怖い。しかし負けないぞ。自分だってあの父親から生まれたのだ。根性や気合いの欠片くらいはあるはずだと目に力を込める。

ふたたびの親子喧嘩勃発の勢いに、社員全員が目を伏せている。

緊張感漂う中、社長が溜息をついた。

「そこまで言うなら、その『松田』とやらのチームで参加してみろ」

やったーと内心ガッツポーズを決めたが、

「しかし一位が取れなかったら、今後その話は一切なしだ。それとおまえ自身がそのチームにランナーとして参加することは認めない」

えっと思ったが、言われてみれば当然のことだった。将来『蘭々』を継ぐべき立場の自分がよそのラーメン屋のゼッケンをつけて走る姿など社員には見せられない。そもそも『蘭々』が一位を目指して参加するイベントで、他チームに肩入れする時点で会社への背信行為だ。

社長は、父親は、それを呑んでくれた。

会議が終わってから、父親のあとを追いかけた。

「社長」

声をかけると、父親と隣にいた岩田専務が振り返った。

「駅伝のことなんですけど」

そう言うと、岩田専務は空気を読んで場を離れてくれた。

「なんだ。平社員の分際で会社の中で気軽に話しかけてくるな」

父親はむっと口をへの字に曲げている。

やっぱこえーとビビりつつ、蜂谷はがばっと頭を下げた。

「無茶な意見を聞き入れていただいて、ありがとうございました。社長の気持ちを無駄にしないよう精一杯がんばります。けっして『蘭々』の不利益にはしません」

顔を上げると、父親は思い切り難しい顔をしたあと、ふっと表情をほどいた。

「俺にたてついたからには、結果を出さんと許さんぞ」

じろりとにらみつけられ、「はい！」と大きくうなずいた。

三日後、仕事帰りの入江と待ち合わせて松田の店へいき、B級グルメ駅伝予選大会出場へ向けての説得にかかった。入江のランナーとしての大会参加はすでに了承済みだ。

入江は最初拒否していたが、「一生のお願い。頼むから協力してくれ」と拝むと、「……おまえには長年の恩があるしな」と渋々引き受けてくれた。

「この企画、ぜひ松田くんと力を合わせてがんばりたいんだ。お願いします！」

頭を下げる蜂谷に、松田はぶるぶると首を横に振った。

「む、無理ですよ。俺は子供のころから体育の時間と運動会を呪って生きてきたんです。それにそんな馬鹿みたいなテレビの企画で、俺のラーメンをおもちゃにされたくない」

「当たり前だよ。松田くんの汁なしそばをおもちゃになんて絶対にしない。この企画に参加したからって『蘭々』と組む必要もない。松田くんには無理を言ってると思うけど、テレビで少しでも宣伝になったら、ここもお客さんがもっときてくれるかもしれないし」

今日も松田の移動販売車の周りでは閑古鳥が鳴きまくっている。

「で、でもそんなの見世物みたいで嫌ですよ。それにうちの店も密かにファンが増えてるみたいだし。こないだ食いログ見たら、すごく愛にあふれたレビューがついてたんです」

「……あ、それは」

「地味でも、そういうふうに俺のラーメンを愛してくれるお客さんをがっかりさせるような真似はできません。テレビの浮かれた企画なんかに出る暇も余裕もありません。だいたい蜂谷さん自身は走らないんでしょう。人にばっかり押しつけないでくださいよ」

そこを突かれると痛い。唇をかみしめると、

「この、恩知らずのクソラーメンが」

それまで黙って会話を聞いていた入江がぼそりとつぶやいた。

「な、なんですか、クソラーメンって」

さすがに松田も怒りをあらわにした。

「上下左右、どこから聞いてもおまえのことだろうが」

入江がおもむろに眼鏡を外し、松田はびくりとあとずさった。

「入江、やめろ。おまえがいつもの調子でやったら」

――松田くん、号泣もので立ち直れないかもしれない。

小声で止めたが、入江は完全無視でいつもの調子を炸裂させた。

「言っておくが、その愛にあふれたレビューを書いたのは蜂谷だぞ。接客態度も悪く、コミュニケーション能力が地を這《は》うほどに低いおまえのラーメンに惚れて、業務提携まで持ちかけたのに断られ、なのにこんな閑古鳥が百万羽ほど鳴いて鳴いて死に絶えた残骸が散らばっているようなしょぼい店に足しげく通い、客がいないことをいいことに厨房で猥褻行為に及ばれてもおまえを見捨てず、それどころか食いログに愛情あふれるレビューを書き込む。これほどの上客には、おまえは七回生まれ変わっても出会えないだろう。それほどおまえのラーメンを愛し

てくれるお客さんを、今まさにないがしろにしているのはおまえ自身だ。このクソラーメンが。おまえのような恩知らずはタコ糸で亀甲縛りにされて店の前にチャーシューみたいに吊るされてしまえ。そのまま夜風に吹かれてよく考えろ。人生において転機となるチャンスは数えるほどしかやってこない。おまえが起死回生一発逆転をできるとするなら、まさしく今だ。これを逃したらおまえは一生、丼の底にへばりついて干からびていく麺の切れ端のようなクソラーメンのままだ。それが嫌なら、一度くらい死ぬ気で駅伝を走ってみろ。現状に満足なら、いつまでもプライドで固めた貧相な城の中でぶつぶつ言ってろ。二度と蜂谷にも近づくな」

眼鏡を外したチンピラバージョンの入江に、試合開始前のボクサーのようにごりごりに額をくっつけられ、松田は生まれたての仔ヤギのように震えている。

「はいはい、そこまで」

蜂谷はふたりを引き離した。

「入江、やめろってば。松田くん怖がってるだろう」

「俺は本当のことを言っただけだ。そのチャーシュー野郎に」

入江は蜂谷の後ろにかくれて顔だけ出している松田をにらみつけた。

「入江、おまえ、なんか今夜おかしくないか。クソラーメンとかチャーシュー野郎とかガキみたいなあだ名つけて、俺の小学校時代のラーメンマンと同レベルじゃないか。いつもは怒ってもクールな感じなのに、なんで松田くんにはそんな感情的になるんだよ」

「……………………………感情的になど、なっていない」

長い沈黙のあと、入江は不機嫌全開で顔を背けた。よっぽど松田と相性が悪いんだろう。これでは同じチームで走ることなどできない。というか、そもそも自分が見切り発車すぎたのだろうか。入江の言葉はきつかったが、所々真実もまじっていた。けれど職人には職人のプライドとこだわりがある。そこをないがしろにして進む話などひとつもない。

「松田くん、ごめん。今回は俺が先走った。この話は取り消すから」

頭を下げると、松田はおろおろしはじめた。

「いえ、蜂谷さん、俺のほうこそなにも知らなくて、ひどい言い方してすみません。まさか食いログに書き込みしてくれたのが蜂谷さんだったなんて知らなくて」

「ううん、あれは客として本当の気持ちを書いただけだから。一応飲食業界の人間として投稿するかどうか迷ってたんだけど、入江が投稿してくれたんだ」

「入江さんが?」

「言い方はきついけど、入江は照れ屋なだけで根はすごくいいやつなんだ」

「そ、そうだったんですか。ふたりとも俺のためを思って投稿を……」

松田の目にうっすらと涙の膜が張っていく。

「蜂谷、おかしな言い方をするな。俺は確かに局所的に気持ちとはちがうことを言ったりする傾向があるが、そいつに関しては本気で腹が立っているだけだ」

「ほらな。こいつ全然素直じゃないんだよ」

笑顔で入江の肩を叩くと、松田は涙ぐみながらうなずいた。

「はい、よくわかりました。蜂谷さんがどれだけ俺のことを想ってくれてるか、入江さんも厳しい言葉の裏には、蜂谷さんと同じあたたかい気持ちがあるんだってことが」

「おまえら、勝手な解釈で話を進め――」

「俺、駅伝に出ます！」

入江の言葉をさえぎって、松田は晴れ晴れと宣言をした。

「蜂谷さんと入江さんと力を合わせてチャンスをつかみたいと思います。『蘭々』とのコラボの件も考えてみます。約束はできないけど、でも話を聞くだけなら」

「松田くん、ありがとう！」

思わず松田の手をしっかりと握った。松田のこんな力強い言葉は初めて聞く。

「俺のほうこそ、蜂谷さんの俺への気持ちがわかって本当に嬉しいです」

瞬間、入江が割り込んできて、松田と蜂谷の手首をつかんで強引に引き離した。

「勘違いするな。蜂谷が惚れているのはおまえのラーメンにだ」

「でも、尊敬が愛に変わるってラブストーリーの定番ですよね」

なにげなく言い返す松田に、入江は心底嫌そうな顔をした。

そのあと、やる気になった松田と予選大会の打ち合わせをした。

テレビなのでバラエティ要素が強いのはもちろんのこと、芸のできない素人がただ走るだけでは番組にならないので、予選のランナーは給水所で自分のチームの看板メニューを食べるという条件がついている。食べるのは、一チーム三人制の中でひとりでいい。それをどの区間に持ってくるかが頭の使いどころだ。

「その前に、うちはまず三人目のランナーを探さないとな」

蜂谷は難しい顔で腕を組んだ。自分が走れたらいいのだが、それはできない。そして駅伝の話が出てからずっと、蜂谷の頭の中にはひとりの人物が浮かんでいた。

――良太郎。

花沢ならぶっちぎりだろう。しかし今は騒ぎの中で連絡すら取れない。そうでなくても、日本のマラソン界をしょって立つプリンスに、私利私欲にまみれたテレビの企画で走ってくれとは頼めない。悩んでいると、松田がおずおずと言った。

「俺の従兄弟《いとこ》が、中学時代に長距離で県大会入賞したことがありますけど」

その言葉に蜂谷はかぶりついた。ランナーを頼めそうかと問うと、会社員のかたわら今でも市民マラソン大会に積極的に参加しているので大丈夫だろうと返ってきた。

三人目のランナーが決まらないと作戦を立てられないので、とりあえず松田の従兄弟の返事待ちということで、その夜は解散となった。帰る前に、松田がおずおずとたずねてきた。

「ちょっとお聞きしたいんですけど」

「なに？」

「蜂谷さんと入江さんって、つきあってるんですか？」

予想もしなかった質問に蜂谷は一瞬固まり、慌てて自らを再起動させた。

「そ、それはない。全然ない。入江とは高校時代からの友達だし」

なあと隣を見ると、入江も固まっていた。先日に引き続き、また黒歴史を掘り起こしてしまったのかと、蜂谷は大量の土砂でふたたび都合の悪い歴史を埋めにかかった。

「俺と入江なんて、人類最後のふたりになってもありえないわー」

ははははとやけくそで笑うと、松田も「それはひどいですよ」と笑った。

「でも安心しました。蜂谷さんと入江さんって正反対の性格なのに、飴《あめ》と鞭《むち》みたいでいいコンビだからてっきり。でも、それなら俺もまだ蜂谷さんとつきあえる可能性が――」

「あ、それはない」

「ないに決まってるだろう」

蜂谷と入江両方から突っ込まれ、松田は「……息ぴったりですね」と落ち込んでいた。

入江と連れ立って駅へと向かう中、そこはかとなく気まずい雰囲気が漂った。人類最後はさすがに言いすぎたかと反省していると、入江が「ところで」と切り出した。

「花沢と連絡が取れたぞ」

「え、電話きたの？」

「いや、事務所にゲイ団体の顧問をしてる先輩がいて、そっちから探ってもらった。そしたら週刊誌で花沢と一緒の写真に写ってたオネエとコンタクトが取れたから、その人を通じて花沢に話をつけてもらった。今度の週末、東京にいけるか？」

「絶対いく。良太郎、元気でいるのか？」

「わからない。俺も会う約束を取りつけられただけだ」

「……そっか。けど会ってくれるだけでもよかった」

改札を抜け、やってきた電車に乗り込んだ。入江は三つ目、蜂谷は四つ目の駅で降りる。電車を降りる前に入江がさりげなく言った。

「人類最後のふたりになったら、俺は考えないでもないけどな」

「え？」

入江はさっさと電車を降りていった。振り返らずにホームを歩いていく背中を、蜂谷は動き出した電車の窓から見送った。嬉しい。でも切ない。複雑な気持ちに襲われる。

——でも、俺たち、人類最後のふたりにはならないじゃん。

絵にかいた餅は永遠に食べられない。


日曜日、入江とふたりで東京に向かった。マスコミを避けるため、仲介をしてくれたオネエのマンションで会う約束をしている。スマホのナビを頼りに新宿二丁目近くのマンションを訪ねると、ドア越しに「はーい」と花沢の声が聞こえてどきりとした。

「レオレオ、孝之《たかゆき》、いらっしゃーい」

現れた花沢はラフなTシャツとサーフパンツ姿で、失踪以前と特に変わってはいなかった。一連の騒ぎから、勝手にド派手なドラァグクイーンとなった幼馴染みを想像して覚悟していたので、それだけでもほっとした。

「連絡しなくてごめんね。しようしようと思いながらもなかなかねえ」

ふたりはリビングに案内された。カウンターで仕切られたキッチンで、勝手知ったる手つきで花沢はコーヒーを淹《い》れている。行方不明の間、以前から親しくしていたオネエの家に居候《いそうろう》をさせてもらっているらしい。家主のオネエは彼氏と旅行中で、羨《うらや》ましいわよねーと花沢は明るく笑うが、ふたりは笑えなかった。

「ごめんなさい。心配かけて」

ふたりの前にコーヒーを置くと、花沢はふいに神妙になった。

「謝るなよ。怪我とかあって大変だったのに、俺ら、なんもできなくて」

しかし花沢は「ううん」と首を横に振った。

「レオレオも孝之もたくさん話聞いてくれたじゃない。最初に靭帯やったとき、きついリハビリであたしがめげそうになったときも一番励ましてくれた。あたし、ふたりのおかげで乗り越えられたのよ。おかげでようやく復帰できたのに、また同じとこやっちゃって」

花沢はへへっと笑い、そのあと唐突にぽろりと涙をこぼした。

「……あたし、ランナーとしてはもう駄目かもしれない」

笑っている表情と、ぽろぽろこぼれる涙がまったくそぐわない。身体と心がバラバラ。にっちもさっちもいかずに迷子になっている花沢が見えた。

「良たん！」

思わず幼いころの呼び方が出てしまった。

「良たん、大丈夫だよ！　良たんならまたやれる！」

蜂谷は立ち上がり、花沢をしっかりと抱きしめた。

「でも、できなくても良たんの価値はなんも変わらないし！」

「……レオレオ」

花沢はぐしゃりと顔を歪めると、うわああんと声を上げて蜂谷にしがみついた。大丈夫、大丈夫と花沢を抱きしめ、落ち着くまで背中をさすり続けた。

「……ご、ごめんね。ふたりの顔見たらつい」

花沢は懸命に手の甲で涙を拭いている。

「コーヒー、あたため直すか」

黙ってふたりを見守っていた入江が立ち上がり、冷めたコーヒーをキッチンに持っていき、カップごと電子レンジでチンして戻ってきた。あたためすぎてぐらぐら煮えている。

「……やだ、孝之、これじゃあ香りもなにもないじゃない」

ぐすぐす鼻をすすりながら花沢が言う。

「飲めたらそれでいいだろう」

「駄目よ。インスタントじゃないんだから」

花沢は赤い目で笑うと、コーヒーを淹れ直しに立ち上がった。ふたたび室内に香ばしい匂いが充満するころには、花沢はすっかり落ち着きを取り戻していた。

「ほら、いい香りでしょう」

「よくわからん」

「あーあ、ほんと甲斐のない男ね」

花沢がおかしそうに笑った。

——こいつ、さりげなく励ますのうまいよなあ。

入江の優しさはわかりにくいが、わかるやつにはちゃんとわかる。

「……あたしね、男の身体に女の心が入って生まれてきちゃったじゃない」

花沢はコーヒーをゆっくりと飲みながら話しだした。

「心は女で、でもマラソンの才能は男の身体に宿ってた。走ることがすごく好きで、みんながあたしを褒めてくれて、でも走ることで殺さなきゃいけないものもあって、そういうかみ合わない部分を、走ることで浴びる華やかなスポットライトで補ってきたのね」

花沢は目を伏せ、コーヒーカップの縁を指先でぬぐっている。

「でもアスリートとしては致命的な怪我して、きついリハビリに耐えても、もう前みたいに復帰できるかわからなくなった。花沢良太郎は再起不能だとか、なにもわかんない素人が無責任に週刊誌やネットに書き立ててさ、ほんと馬鹿かと思った。なのにね、そんな馬鹿に言われたことでも、人の心はしっかり傷つくのよ。で、そういう弱い自分にだんだん絶望してきた」

ＳＮＳでは関係者のような書き込みが続き、周囲を少しずつ信じられなくなっていく。不安をもらせば、それも外にもれるんじゃないかと本心を打ち明けられなくなった。自分が膝を曲げることにすら苦労している間に、ライバルたちはどんどん先にいく。

「最後らへん、なんか、あたし、ひとりなんだなあって思うようになった。馬鹿でしょう。全然そんなことないのにね。色々おかしかったの、あのとき」

花沢の中には口にできない気持ちがどんどんたまって、苦しくて、苦しくて、こんな思いまでして女である自分を殺して、それでも走らなきゃいけない必要があるんだろうか。

「そう考えたとき、ぷつんとなんかが切れちゃったのね。今はあのときよりずいぶんマシになったけど、自分を偽って生きていくのはやっぱりしんどいし、それをどう解消していいかわかんない。元気なときでもちょっとしんどいなあって思ってたことに、こんな状態でもう一度立ち向かっていく勇気が出ないのよ」

花沢は視線を上げ、蜂谷と入江を見た。

「だから、あともう少しだけ時間がほしいの」

ごめんね、ほんとごめんね、と花沢は何度も頭を下げた。


帰りの電車で入江と向かい合い、お互いぼんやりと流れる風景を眺めた。

「俺、良太郎の気持ちわかる」

風景を見たまま、蜂谷はぽつりとつぶやいた。

一番好きな人、もしくはものに対して自分を偽る苦しさ。自分は入江に対して。花沢はマラソンに対して、加えて女である自分に対しても。もちろん、花沢の味わった苦しさとは種類も重さもちがう。けれど、片鱗《へんりん》くらいはとらえることができる。

「俺もわかる」

入江が言い、えっと顔には出さずに驚いた。

「おまえにも悩みとかあるのか？」

「悩みがない人間なんていないだろう」

その通りだ。けれど入江は昔から目指すものに対してまっすぐ突き進んできたことを知っている。普通なら挫折《ざせつ》しそうな環境にも屈することなく、信じられないくらいの努力と忍耐の結果、見事、弁護士になった。現在、入江が抱える問題といえば、引きこもりニートの弟くらいしか思いつかない。

「孝、悪化したのか？」

問うと、入江らしくないどんよりと疲れた目を向けられた。

首をかしげると、入江はべそをかく寸前の子供みたいな顔をした。

「おまえには一生わからない」

「そんなこと――」

「結婚でもするかな」

唐突なつぶやきに、蜂谷はぎょっとした。

「な、なに言ってんだよ。相手もいないくせに」

「合コンの誘いは頻繁にあるぞ。特に俺は将来有望な弁護士だからな」

「けど、おまえゲイじゃないか。今までそっちの恋愛もしたことないのに」

「恋愛なら、ずっとしていた」

「…………え？」

入江はすいと窓枠の風景に視線を逃がした。

「その上で思い知った。恋愛なんてくだらない。苦しいだけで、なにも楽しくない」

蜂谷はまばたきすらできなかった。

「……好きなやつ、いたんだ?」

入江はなにも答えない。

「……つきあってたのか?」

自分が質問したくせに、聞きたくないと思った。

「いいや。どうにもならない相手だし、そういうのがいいかげんつらくなってきた」

「……好きになって長いのか?」

問う声が震えないよう、下腹に力を入れなくてはいけなかった。

「四年目だな。意識してなかっただけで、もっと長いのかもしれないが」

脳天からぴしっと亀裂が入ったように感じた。

四年目?　意識していなかっただけでもっと長い?

「……そうだったんだ」

呆然とつぶやいた。

「……全然、知らなかった」

入江に一番近いのは自分だと思っていた。

入江を一番知っているのも自分だと――。

「ここまでくると、いいかげん嫌になってくるな。唐突にもうやめよう、さっさと忘れて逆玉にでも乗ってやるかと思うけど、ここまできたからこそ引き返せないというのもある」

流れる景色がどんどん暮れていく。見慣れた地元、中途半端な高さのビル群を見下ろすように、夕空の高い場所に小さな月が浮かんでいる。

「どうせ届かないのにな」

そう言い、入江は月を見上げた。

きっと蜂谷の知らない誰かのことを想っているんだろう。

向かいに座る自分が、同じ気持ちで入江を見上げていることなんて知らないまま。


花沢《はなざわ》と会ってから半月程が経った。二度あった休日、入江《いりえ》は部屋にこなかった。出張だからと言われたが、先日のあとなのでいろいろと考えてしまう。

――恋愛なんてくだらない。苦しいだけで、なにも楽しくない。

思い続けて四年、もしくはそれ以上――。入江にあそこまで言わせるなんてどんな男だろう。

そんな恋を胸に秘めているなんて知りたくなかった。だって、知ったら考えてしまう。

この先、ある日、いきなり入江の恋は成就するかもしれない。

もしくは成就しない恋に疲れて、いきなり結婚するかもしれない。

そこから否応なしにはじまるひとりの休日。

そうなってから慌てないよう、今から備えておかねばならない。

入江も言っていたじゃないか。『物事は多角的観点で、かつ最悪の事態を想定しておくと、いざというときに慌てなくてすむ。備えあれば憂いなしということだ』あのときは備えすぎだと言ったが、最近、自分はあらゆる負の可能性を想定している。

きっと出張でこられないなんて嘘だ。入江は合コンにでもいっているのだ。そこで金持ちのお嬢さんと出会い、デートしているのだ。もしくは四年片思いしているという男と会っているのだ。今この瞬間にも想いが通じ合っているかもしれない。その勢いで、真っ昼間からホテルになだれ込んでいろいろしているかもしれない。ことが終わっても「……離れたくない」とか甘ったるく囁《ささや》きあって、「じゃあ一緒に暮らそう」と約束しているかもしれない。

——蜂谷《はちや》、あいつにペアリングを贈りたいんだが、下見つきあってくれないか。

——蜂谷、新居に遊びにきてくれ。あいつの手料理をごちそうする。

——蜂谷、紹介するよ。こいつが俺の最愛の恋人だ。

はじめましてと頭を下げている自分を想像すると鼻の奥がツーンとしてきて、慌てて現実に帰還した。ちょっとやりすぎた。しかしこれくらい予行演習をしておかないと、きたるべきショックから心を守れない気がする。片思いも八年になると病と同じだ。

その日の午後、同僚と昼飯に出かけようとしたとき携帯が鳴った。岩田《いわた》専務からだった。

『坊ちゃん！』

電話に出た途端、すごい大音量で叫ばれた。

『な、なんでしょう。でも、あの、会社では坊ちゃんって呼ばな――』

『社長が倒れました！』

全身に冷水を浴びせかけられたように感じた。視察に出かけたセントラルキッチンで突然倒れ、救急車で病院に運ばれたらしい。蜂谷はすぐにタクシーで病院に向かった。

蜂谷がついたときには父親の意識は回復していて、病室のベッドに寝かされていた。詳しい検査がまだなのに、父親はこれくらい大丈夫と笑っている。

「心配するな。昨日飲みすぎたせいだ」

だからもう帰るという父親を、母親と岩田専務で押しとどめたらしい。

「父さん、いい機会だから身体中点検してもらえよ」

「点検ってなんだ。親を車みたいに」

みんなで笑ったあと、ほっとして廊下に出ると他の役員たちが小声で話していた。

「社長、心労がたたったんだな」

「ああ、『三郎《さぶろう》』が駅裏エリアに出店するって聞いて倒れたらしいから」

――『三郎』？

分厚い男飯的なチャーシュー、丼からあふれる野菜、にんにく背脂がウリの宗教じみたファンを持つ超人気チェーンだった。同じチェーン展開でも向こうはラーメンだけで成功しているチェーン、こちらはファミレス化した右肩下がりのチェーン。これはきつい……。

「もう少し二代目が頼りがいあったらなあ」

「そう言うな。今どきの細っこいお坊ちゃんなんだから」

役員の言葉と溜息は、ずっしりと蜂谷の肩にのしかかった。


病院から帰ったあと、猛烈な勢いで仕事に取りかかった。

役員たちの言いように腹は立ったが、言われてもしかたない部分もある。今の自分は入社三年目の平社員で、これといった功績がない。会議には出席しているけれど、そこでも父親と対立するアイデアばかり出す。自分なりに思い描いている未来はあるけれど、結果を出していない現在、やっぱり自分は『頼りない二代目』なのだ。

——とにかく、がんばるしかない。

今度の駅伝大会で『松田《まつだ》』のラーメンを広く周知させる。食べてさえもらえれば、おいしいことはわかってもらえる。なんとか松田を説得し、『松田』のラーメンのよさを損なうことなく、『松田』にも『蘭々《らんらん》』にもウィンウィンの新事業部として成長させてみせる。

六時には社を出て、松田の販売車へいった。

「松田くん、おつかれさま。中、代わるよ」

スーツの上着を脱いでエプロンをかけ、松田と入れ替わりに厨房に入る。

松田はよろよろと店の前に並べられている椅子《いす》へ座った。

「松田くん、筋肉痛どう？」

「……死にそうです」

松田はテーブルにべたりと突っ伏した。

松田は連日のマラソントレーニングのせいで重度の筋肉痛になり、現在、生まれたての仔ヤギのような動きしかできない。本業にも支障が出ているので、蜂谷は毎日会社が終わってから手伝いにきている。といっても客は相変わらず少ないのだが——。

「本業をおろそかにしてまで、俺はなにをしているんでしょう……」

決意初日の力強さは消え失せ、松田はぼそぼそとつぶやいている。

「ごめんね、松田くん。俺もできるかぎり手伝うから。あ、もし仕込み大変だったら、会社いく前でよかったら手伝いにいくよ」

「いいですよ。そこまでやったら蜂谷さん寝る時間もなくなるじゃないですか」

「平気だよ、俺は身体は丈夫だし。それに乗り気じゃなかった松田くんを強引に口説いたのは俺なんだから、遠慮せずになんでも言ってよ」

そのとき、女性客ふたりがやってきた。

「いらっしゃいませ」

とびきりの笑顔で対応した。

「汁なしそば、ふたつください」

「ありがとうございます。確か、おとついもきてくれましたよね？」

女性たちの顔がぱっと明るくなった。

「すごくおいしかったから、またきちゃいました」

「毎度ありがとうございます！」

笑顔で頭を下げ、松田から習った手順通りに麺を茹《ゆ》で、たれとからめ合わせる。用意されている具材を盛っていき、オマケですとチャーシューを増量すると女性たちはすごく喜んでくれた。食べ終わったあとは、「たくさん口コミしますね」と言って帰っていった。

「蜂谷さんが接客するようになって、お客さん増えましたね」

複雑そうな松田を「単なる接客テクだから」と励まし、蜂谷は携帯でツイッターをのぞいてみた。松田、汁なしそばで検索すると、案の定、写真つきでつぶやかれていた。

《新店発見。泉田《いずみだ》駅裏、移動販売車『松田』の汁なしそば超美味！　店員さん超イケメン！》

「松田くん、見て見て。ツイッターでつぶやかれてるよ」

え、うそ、と松田も慌てて携帯を取り出した。

「さっきの子たち、そばの写真撮って携帯いじってたから、もしやと思ったんだよ」

さっそく自分のアカウントでもリツイートしてから、やったねと見ると、

「……やっぱり人間は顔なんだ」

松田はふたたびテーブルに突っ伏していた。いやいや、先に超美味って書いてあるしと励ましたが、松田はどうせ俺なんか病を発症してどこまでも落ち込んでいった。


十二時で店を閉めたあとは、松田と一緒に走り込みをする。大会では一緒に走れないけれど、せめて苦労を共にしようと蜂谷も並走しているのだ。

「はっ、はっ、は……蜂谷さん、死ぬ……、も、息が……っ」

生まれたてを通り越して絶命寸前の仔ヤギみたいな松田に合わせて、ちょっと速く歩いているくらいのペースで走る。これで本番に挑めるのだろうかと不安になってくる。

問題だった三人目のランナーは、松田の従兄弟《いとこ》が引き受けてくれることになった。松田と入江と松田の従兄弟の中で、経験者は松田の従兄弟のみ。というわけで、一番距離の長い三区を松田の従兄弟、一番距離の短い一区を松田、間の二区を入江が走ることになった。

給水所でチームの看板メニューを食べるという、バラエティ番組らしいおもしろポイントは松田担当となった。仔ヤギ松田はタイムで貢献することはできないので、ならせめて食うことで他のメンバーの負担を減らすという作戦に落ち着いたのだ。

——つまり、松田は捨て駒というわけか。

電話で報告すると、入江は歯に衣着せずに言い放った。

——しかし三キロ走ったあとで、あいつにラーメンなんか食えるのか。

入江は疑わしそうに言ったが、一位を狙うならそれが一番効率的だ。それより入江こそ出張などで忙しいのに大丈夫なのだろうか。問うと、入江は心配するなと言った。

——俺は物事を計画的に遂行することには慣れている。

それは嫌というほど知ってるけれど。

——今ややこしい案件にかかってるから様子を見にいけないが、走り込みはきっちりやっておくから心配するな。で、おまえのほうはなにか問題は起きてないか？

思わず父親のことを言いたくなったが、なにもない、絶好調とだけ言って電話を切った。

——もう少し二代目が頼りがいあったらなあ。

役員の言葉にへこみまくっていたとき、何度も入江の顔が浮かんだ。

入江に会いたい。会って話を聞いてもらいたい。

ついそんなことを考えてしまい、慌ててそんな自分を叱りつけた。いつの間にか、しんどいことがあると入江に頼るようになっていた。そんなことだから頼りないなんて言われるのだ。

入江には、父親が倒れたことは言わない。

自分でがんばろう、それしかない。

そう自分に言い聞かせて仕事に励んでいる。

「はっ、はっ、蜂谷さーん、……死ぬ、俺、も、死にます」

考えごとをしているうち、松田を置き去りにしていることに気づいて慌てて速度をゆるめた。

松田と並んでたらたら走る中、前方の舗道に男二人組がいるのが見えた。

――あー……、後ろ姿が入江に似てるな。

会えない日が続き、街でつい似た男を探すようになっている。

――いや、けど、本当に似てるなあ。

よく見ると、スーツにも鞄《かばん》にも見覚えがある。まちがいない、入江だ。シャッターのしまった店の前で向かい合い、相手の若い男は泣いているようだった。抜き差しならない雰囲気の中、入江は夜の闇にまぎれるように泣いている男を抱きしめた。

――え？

抱き合うふたりの横をたらたらと走りすぎ、しかし完全にそちらに目を奪われ、振り返りながら走っていると、つまずいて派手に転んだ。うわっと後ろで松田が声を上げる。蜂谷に巻き込まれるように松田も転び、ふたりまとめて舗道でもつれあう羽目になった。

「ちょ、急に立ち止まらないでくださいよ」

「ご、ごめん。松田くん、怪我はない？」

お互いに相手を助け起こしていると、背後に人が立った。

「やっぱりおまえらか。こんな時間になにをしているんだ?」

入江の後ろには、さっきの若い男もいた。

「あれ、入江さん、偶然ですね。俺たちは大会の練習中です」

松田が起き上がりながら答える。

「こんな遅くに?」

「うちは十二時まで営業だし、昼間は蜂谷さん会社だし」

「蜂谷はランナーじゃないだろう。なぜ一緒に走る必要がある」

入江は眉をひそめ、松田がびくりと身をすくめる。

「だ、だって仕事のあとに走り込みなんて俺もしんどいし、ひとりで走る気力なんてないし」

「仕事のあとというなら蜂谷も同じだろう」

「そうなんですけど、でも蜂谷さんは俺とちがって体力あるじゃないですか。俺なんて毎日の走り込みだけですごい筋肉痛で、普通に歩くことも痛いんですよ。蜂谷さんが店を手伝ってくれなかったら、やっていけないところです」

「店まで手伝わせているのか!」

入江が目を見開き、慌てて蜂谷はふたりの間に割り込んだ。

「入江、俺が手伝うって自分から言ったんだ。松田くんは悪くない」

「……また天使属性発動か」

入江がぼそっとつぶやいた。

「おまえのほうこそ、こんな時間になにしてたんだよ」

入江の後ろに立っている若い男をちらっと見ると、男は控えめに会釈をしてきた。すごく感じがよくて、蜂谷も慌ててぺこりと頭を下げた。

「俺は依頼人と打ち合わせ中だ」

——へえ、おまえは依頼人を抱きしめるのか。

みえみえの嘘だった。

この人が、入江の苦しい恋の相手なんだろうか。

この人が、入江が長く愛してきた相手なんだろうか。

さっきの抱擁を思い出し、感情を激しく揺り動かされた。

「……そ、そっか、遅くまでおつかれさん。じゃあ俺らいくわ。松田くん」

背を向け、松田をうながしてさっさと走り出した。

「あ、ちょ、蜂谷さん、速い、速いですよー」

松田の情けない声が聞こえたが、振り返らずに蜂谷はぐんぐん速度を上げていく。

早く、早く、一刻も早くあのふたりから遠ざかりたかった。

その週末も入江は部屋にこなかった。仕事と言っていたが、どうなんだろう。入江がこないと料理をする気力もなく、昼はカップ麺とコーラですませた。空容器もそのまに、ソファにごろんと横になる。なんて駄目な大人だろう。なにもする気力がない。

今ごろ、入江はなにをしているんだろう。

あの感じのいい男と一緒に休日を過ごしているんだろうか。でも、どうにもならない相手だと言っていたっけ。向こうに彼氏がいるんだろうか。それとも不倫？

ぐるぐる考えていると携帯が鳴った。母親からだ。父親の検査結果が出たのか。

『もしもし、レオたん、おはよう』

『おはよ。父さん、結果どうだった？』

『うん、命にかかわるような病気はなかったわ。血圧が高いのは前からだし、それと内臓が弱ってるみたいだから、しばらくお酒は控えて食事療法もしないとね』

『そっか、まあよかった。禁酒は父さんきついだろうけど』

『そうねえ。あ、そうそう、今度は花沢《はなざわ》さんのお父さんも入院になっちゃったのよ』

『え、良太郎《りょうたろう》のおじさん、なにかあったの？』

『うーん、やっぱり良ちゃんのことでしょうねえ』

花沢の父親は地元の信用金庫に勤めている。マスコミにおもしろおかしく書き立てられたせいで、陸上界のプリンスから二丁目のゲイボーイに転身するかもしれない息子のことを行く先々で話題に出され、真面目な花沢の父親は限界に達したらしい。

『お父さんと同じ病室だから、くるときは花沢さんにもお見舞い持っていってね』

わかったと電話を切り、蜂谷は出かける準備をはじめた。


病室にいくと、蜂谷家と花沢家の父親は隣同士のベッドで互いの苦境を語り合っていた。

「あいつら、いつになったら親に心配をかけないようになるんですかねえ」

「どうでしょうねえ。もしかしたらあいつらはとっくにしっかりしてて、こっちがいらん心配をしてるだけかもしれませんよ。向こうはこっちを耄碌《もうろく》したなと思っているかも」

「いやいや、あんな青二才どもがそれはないでしょう」

「はは、ですねえ。言ってみただけです」

「早く一人前になってほしいんですがねえ」

「本当にねえ。でないとこっちの身が持ちませんよねえ」

——は、入りづれえ……。

入口で躊躇《ちゅうちょ》していると、後ろに人が立つ気配がして振り向いた。目深な帽子、サングラス、マスクという怪しさ満点のいでたちだが一目で誰かわかった。

「良太郎？」

しーっと人差し指を立てられ、蜂谷は慌てて声を落とした。とりあえず見舞いはあとにしようと、花沢と人の少ない裏庭へいった。ベンチに座っても花沢は変装をとかない。

「おじさんのこと聞いたんだ？」

花沢はうつむいたまま、こくりとうなずいた。

「母さんから電話あって。出なかったんだけど留守電に入ってたの」

「心配するな。大丈夫だって。俺の父さんもこないだ倒れたけど命に別状なかったし。父さんらの年代って管理職だし、仕事でストレスたまるんだよ」

するると花沢はこちらを見た。

「……ありがとう、レオレオは優しいね」

「いや、本当だって」

「でも、うちの父さんの場合は原因は仕事じゃないわよ。あたしのこと、地元でもすごく噂になってるんでしょう。うちの父さん真面目だし、職場でも近所でも肩身のせまい思いしてるんだろうなって思ったら、ここまできたのにどうしても病室入れなくて」

花沢はサングラスを外し、「ほんと親不孝よね」と潤んだ目元をぬぐった。

「……俺も良太郎と一緒だよ」

蜂谷も溜息をつき、ベンチの背もたれに深くもたれた。

「なにかあったの？」

怪訝《けげん》そうに首をかしげられ、蜂谷は苦笑いを返した。会社の業績が思わしくないこと、なのに自分はなんの役にも立っていないこと、役員に頼りない後継ぎと思われていること、それらすべての心労がたたって父親が倒れたことを打ち明けた。

「ごめん、レオレオ。そんな大変なときに、あたしのことまで気遣ってくれてたのね」

「ちがうよ、恰好《かっこう》悪いし言えなかっただけだ」

へへっと笑ったが、花沢は「嘘つきね」と優しく言った。

「孝之《たかゆき》には相談してるんでしょう?」

「今まではな。でも、もうそういうのやめようと思って」

「なんで?」

問われ、蜂谷は中庭の枯れた芝生を眺めた。

「……あいつさあ」

「うん」

「……なんかさあ」

「うん」

「…………好きな人、いるんだって」

小さくつぶやくと、花沢はぽかんとした。

「孝之に好きな人?」

「うん、もう四年。ってか、それ以上片思いしてるんだって」

　暗くならないように無理して笑った。

「レオレオ、相手が誰か聞いた？」

「そんなの聞きたくもないよ。あいつに好きなやつがいたこともショックだし、それと同じくらい、好きなやつがいることを教えてもらえなかったこともショックだった。俺は入江の恋人にはなれないけど、一番の親友のつもりだった。……なんか情けないし、恥ずかしいし、だましだましやってきたけど、もうさすがにこの先はないわ」

　蜂谷はにっと花沢に笑いかけた。

「俺、入江のことはもう本当にあきらめる。そんで新しい恋でもする」

「……レオレオ」

「少なくとも、あいつも俺と同じだってのが救いだし」

「どういうこと？」

「あいつも片思いらしいし、この先も叶いそうにないんだってさ」

　そう言うと、花沢はなにやら考え込みだした。

「ねえ、多分なんだけど、孝之の好きな人って……」

「誰か知ってるのか？」

　問うと、花沢はハッと我に返ったように「ううん、なんでもない」と首を横に振った。「他人が口にしていいことじゃないし」と言いつつ、なにか訴えたそうな目で蜂谷を見る。

「なんだよ、良太郎。言いたいことあるなら言えよ」

するると、花沢は意をけっしたように身体ごと蜂谷に向き合った。

「レオレオ、孝之のこと、あきらめちゃ駄目」

「え、でも」

「レオレオ、あんた本当にこれでいいの？　孝之に好きな人がいる。だからあきらめる、新しい恋をするって、それで八年分のいろんなこと本当に終わらせられる？　自分の気持ちをちゃんと言葉にして、孝之に伝えたいって思わない？」

蜂谷はぐっと奥歯をかみしめた。

「レオレオはずっと孝之のことが好きで、ずっとずっと縁の下で孝之を支えてきたこと、あたしが一番よく知ってるわ。ここであきらめちゃったら、レオレオの八年分の気持ちがなかったことになっちゃうのよ。あたし、そんなの嫌よ。今のぐだぐだなあたしが言えたことじゃないけど、でも八年もがんばったんだから、後悔だけはしないでほしい」

花沢は真剣な顔で蜂谷の手をにぎりしめた。

「……でも、怖いよ」

「わかるわ。でもレオレオ、あたしのためにも勇気を出して。レオレオが告白できたら、あたしもいろんなこと踏み出せる気がするの。ね、あきらめる前に孝之に告白しよう？」

ぎゅっと手をにぎられ、蜂谷は唇の内側をかみしめた。

告白をしたら、入江とは友達としても終わるかもしれない。

八年間、一番近くで時間を過ごしてきた相手との縁が切れる。

想像するだけで足がすくむ。胸が痛くなる。怖くなる。

「あ、ホモだー」

ふたりで手をにぎり合っていると、上から声が降ってきた。ぎくりと見上げると、ちょうど小児病棟の真下だったようで、窓に子供が鈴なりになっていた。

「男同士で手ぇつないでるぞー」

「ホモが病院にいるぞー」

「ホモ病だぞー」

無邪気に囃《はや》し立てる子供たちに、ふたりはがくりと脱力した。


九月半ば、駅伝大会当日は抜けるような青空が広がる晴天だった。

テレビカメラとリポーターがスタンバイし、参加するのは地元の飲食店ということで、沿道には思ったよりも人が集まっていた。さすがに大通りの通行止めはできないため、バラエティ番組らしく、ちょっと外した地元のマイナースポットを走るコースになっている。

スタート地点ではもう各選手が用意をしている。優勝候補はラーメン屋だと『竜神《りゅうじん》』、『一《ひと》ツ橋《ばし》』、『きらめきコッコ』の三チームで、その他に洋食屋、お好み焼き屋、うどん屋、どこもこれを機会に地元の名物になろうと張り切っている。

その中で『蘭々』も目立っていた。社長のアイデアで、なんとランナーが昭和ヤンキー風の特攻服を着こんでいるのだ。もちろん頭はリーゼントで、背中には『蘭々』の企業理念が縫い込まれている。浮かれた企画に乗り気ではなさそうだったのに、なにが元ヤンの父親の血を沸き立たせてしまったのか。ランナーはうつむき気味に頰を染めている。

——気の毒に。あれが全国放送されるのか……。

しかしネタに走っているのは『蘭々』だけではなかった。店名が大きく入ったゆるキャラ着ぐるみスタイルの選手など、最初から宣伝に走っているチームもちらほら。それはそれで作戦だと思うし、狙いは当たってテレビカメラも重点的にネタチームを撮っている。

そしてチーム『松田』はといえば……。

「ど、ど、どうしよう、俺、緊張でお腹痛くなってきた」

ユニフォームにタスキをつけた松田が青い顔でしゃがみ込んでいる。

「松田くん、まだ時間あるからトイレいってきたら？」

蜂谷はリュックからティッシュを取り出しながら言った。

「いいです。俺、外でうんこできない人なんで」

「……そ、そう」

二十歳も越えて小学生みたいなことを言うなと思ったが、ただでさえ緊張している松田にこれ以上プレッシャーをかけてはいけない。とりあえず松田はそっとしておいて、二区に待機している入江に電話をかけた。そちらはどうだと様子を問うと、

『俺はなにごとにも万全の態勢で臨む。心配するな』

頼もしすぎる答えが返ってきた。『さすが入江だ。よろしく頼む』と電話を切った。続けて三区で待機している松田の従兄弟。こちらも経験者だけあって心強かった。

『まかせといて。普通のマラソンに比べたら距離短いし最初から飛ばすよー』

安心して携帯を切ると、お腹に手を当てて松田がよろよろと立ち上がった。

「蜂谷さん、絶対近くにいてくださいね。先にいかないでくださいね」

「わかってる。俺も沿道で並走するから、なにかあったらすぐに声かけて」

同じやり取りを何度も繰り返していると、スタート地点に選手が集められた。

「ああ、はじまっちゃう」

松田がびくびくとそちらへ向かう。前に陣取ってスタートの混雑で転ぶよりも、安全策で後ろからスタートしろと教えた通り、松田はゆったりめにポジションを取った。三十秒前のカウントがはじまる。テレビの企画とはいえ、独特の緊張感が高まっていく。

ピストルの音が鳴り響き、参加四十五チームが一斉にスタートを切った。

「松田くーん、がんばー！」

声援を送りながら、蜂谷も沿道を走り出した。

一区は一番短い三キロコースなので、ややこしいペース配分も駆け引きも必要ない。みんなスタートの勢いでぐんぐん走っていく。松田も必死で食らいついてはいるが、一キロ超えたあたりから徐々に先頭、中間、後続とグループに差ができていく。

「松田くーん、呼吸整えて！　顎引いて！」

並走しながら蜂谷も必死で声をかけ続けるが、松田は二キロを超したところで完全にビリグループに落ち、四十五チーム中四十位で二区にたどりつこうとしていた。着ぐるみやネタに走った五チームには勝ったが、平均年齢七十歳の和菓子屋チームにも負けている。

「蜂谷、松田はどうした！」

松田より一足先にたどりついた二区では、入江がいらいらしながら待っていた。

「もうすぐくると思うけど……」

息を乱しつつ答える間に、松田がよろよろと走ってきた。

「松田くーん、早く早く、こっち！」

「もたもたするな！　早くラーメンを食って俺にタスキを渡せ！」

入江が声を張る。しかし松田はラーメンという言葉に絶望的な顔をした。

「無、無理です。今食べたら吐いちゃう……」

うぷっと手で口を覆って首を横に振る。入江の目が吊り上がった。

「馬鹿野郎、おまえの店のラーメンだろうが」

入江が松田の手を引いて『食べ処』に引っ張っていき、テーブルに用意された汁なしそばの前に座らせる。ランナーはここでチームの看板メニューを食べるのだ。

「死ぬ気で食え！　気合いで飲み込め！」

入江の叱咤《しった》に、「無理だよ～」と松田の目の縁にぷっくりと涙がたまる。トラブルに気づいたテレビのリポーターが、ネタ発見とばかりにカメラを連れてやってくる。

「さて、こちらはチーム『松田』です。こちらの一押しグルメは汁なしそば。しかし一区のランナーが体調不良を訴えて食べられないという事態に陥っています」

ご気分悪いんですかとマイクを向けられた松田は、

「……ううっ、ラーメンなんて見たくもないです～」

と、宣伝するつもりあるんかーいとどついてやりたい最悪な受け答えをした。その間にも和菓子屋チーム一区ランナー（推定七十代）が『のびーる餅餅あんこ』十個を命を懸けて完食し、二区ランナーに見事タスキをつないだ。ネタ組も続々到着する。

もふもふなニワトリの着ぐるみを着た焼き鳥屋ランナーがトサカつきの頭部を外し、蒸されて真っ赤な顔でネギマ十五本セットを食べはじめる。続いて壁みたいな食パンをかぶったパン屋ランナー、巨大プリンをかぶったケーキ屋ランナー。

「いやー、すごい光景ですね。ニワトリ、食パン、プリン、自分とこのメニューを見たくないと号泣する人、みなさんまったくヤル気がありません、勝負を捨てています！」

リポーターがおもしろおかしく実況するのを聞きながら、蜂谷は奥歯をかみしめた。馬鹿野郎、着ぐるみと一緒にするな。しかしこれでは勝負を捨てていると言われてもしかたない。

――ああ、もう駄目だ……。

肩を落としたそのとき、入江が松田を押しのけて椅子に座った。

「俺が食う」

「え？　入江？」

入江はいただきますと手を合わせ、猛然と汁なしそばを食べはじめた。一口目を食べ「うわあっ」と大きな声を上げる。それを聞きつけたリポーターとカメラがやってくる。

「うわあっ、なんておいしいんだ！　こんなおいしいラーメンは食べたことがないぞ！」

すごい棒読みに、周囲が一瞬静まり返った。しかし入江は続ける。

「これは初めて食べる味だ！　おいしすぎて魂が抜けてしまう！」

――いや、だから、おまえ、すごい棒読みなんだって。

と蜂谷が突っ込む前にリポーターが突っ込んだ。

「すごい棒読みです！　いまだかつてこんな下手な食レポがあったでしょうか。しかし根性は認めます。こちら『松田』のランナーですね。あ、この方、なんと弁護士さんです」

リポーターが手元の資料を見て、テレビ受けするネタを発見して目を輝かせた。

「では弁護士さんらしく、法廷みたいに食レポしていただきましょう」

――素人に無茶ぶりすなーっ。

と思ったが、入江は鬼の形相でカメラをにらみつけたあと、すうと深く息を吸い込んだ。

「『松田』は……」

入江は立ち上がり、冷静な口調で語りだした。

「『松田』は平成二十七年二月五日起業。正式所在地はG県A市A町二丁目三十七番地。創業者は松田ジュリアン。日本人の父親とフランス人の母親を持つ満二十歳の男性です」

ジュリアン？　衝撃の松田の本名に、蜂谷は目を白黒させた。

「松田ジュリアンは幼いころに両親が離婚、のち祖父に引き取られて育つ。ジュリアンという名前が元でいじめに遭い、小学校から引きこもりがちになるも、美食家だった祖父が作るバラエティに富んだ食事を朝昼晩食べ続け、結果、栄養重視で珍妙なメニュー構成になりがちな学校給食に味覚とセンスを破壊されることなく、素晴らしい舌の持ち主となりました」

そこで入江は紹介するように松田のほうへ手のひらを差し出した。

「松田ジュリアンは独学で調理師免許を取得したあと、祖父が打つ全粒粉そばを中心にこの汁なしそばを一年かけて完成させました。補足になりますが、松田の祖父のそば打ちの腕は、某有名製麺会社の最終チェックに招かれるほどであり、さらにはそば好きな某国長官が来日した際には、松田の祖父が打ったそばが供されたという逸話の持ち主であります」

すごい内容に、リポーターも含めて周りがざわめきはじめる。

「そのような人物に幼少より鍛えられた松田ジュリアンの味覚が鋭いことは自明の理であると言えるでしょう。現に某有名企業がすでに『松田』のこの汁なしそばに惚れ込み、熱烈なアプローチをしかけていますが、松田ジュリアンはそれを断っています。偉大な祖父と継承者を自負する自らが作りだした味に、一切の妥協をしないためであります！」

おお……っと周りから驚嘆の溜息がもれた。

「さらに驚くべきは、提携を断られた某有名企業が今も『松田』に協力をしていることです。企業としてなんの旨みもないのに、一体なぜなのか。それは、その某有名企業の担当が心底『松田』の味に惚れているからに他なりません。己が利益にならずとも、この素晴らしい味を世間に知らしめたい。純粋たる熱意だけで、担当はこの大会への参加を松田ジュリアンに促したのです。祖父、松田ジュリアン、担当、味にのみこだわる三人の男の想いが結実しているのがこの汁なしそばです。裁判長、いえ、みなさん、それを味わいたいとは思いませんか？」

入江は鋭い眼光をカメラに向けた。

「……以上、意見陳述を終わります」

わずかな間のあと一斉に拍手が湧き、蜂谷と松田は呆然《ぼうぜん》と周りを見渡した。入江は速やかに着席し、ふたたび汁なしそばを食べはじめた。ものの一分ほどで完食すると、涼しい顔で立ち上がり、松田からタスキを取り上げた。

「蜂谷、いくぞ」

そう言うと、入江はいきなりすごい速度で走りだした。

「い、入江、食べたばっかりでそんな飛ばしたら——」

「まともに走って挽回《ばんかい》できるのか！」

みるみるトップスピードに乗せながら、入江は声を張った。

——あいつ、まだ挽回することを考えているのか？

沿道を並走しながら、蜂谷は驚いた。

順位は四十五チーム中四十二番にまで落ちてしまった。ここから一位を狙うなんて無理に決まっている。けれどさっきの入江の弁論で、テレビ的にはかなりの効果があったはずだ。それだけで充分だ。というか、入江はこういう事態を見越して『松田』の情報を頭に入れていたのではないか。そうとでも考えないと、あれほど詳細な説明はできない。

しかも『蘭々』と自分の株も一緒に上げてくれた。

「入江、ありがとう！　まじありがとう！」

「話しかけるな！　走りに集中できん！」

そう言われ、蜂谷は口を閉じて並走に専念した。

健康は財産というポリシーの下、普段から体力作りに努めている入江は意外と速い。早くも四十一位の着ぐるみを射程にとらえ、あっという間に抜き去った。そのあともじりじり追い上げ、三十七位まで順位を上げた。結構差があったのにすごい。

二区のコースは八キロ。三区の十キロに比べると短いが、坂道やカーブが多く、ペース配分ができるレース巧者に走らせるのがいい。とはいえ勝負が決まるのはやはり最終三区で、チーム唯一の経験者である松田の従兄弟を温存しようと決めたのだ。

快調に飛ばす入江の雄姿に作戦は正しかったと思っていたが、六キロ手前で急に入江のスピードが落ちた。坂だからと思ったが、なんとなく顔色が悪い。集中を乱さないよう、声をかけるのがためらわれる。しかし入江の顔がどんどん苦しげになる。

走る前のラーメン一気食いが響いたのだろうか。七キロを超えたところで、入江が前のめりになって腹を押さえた。つらそうな横顔に、相当痛いことが伝わってくる。

「入江、無理すんな。ちょっと休んでゆっくり三区につなげばいいから」

沿道で足踏みしながら声をかけたとき、

「入江くん、もう無理だよ。棄権しなさい、棄権！」

別方向から飛んできた声に振り返った。あ、とつぶやくと、日曜日のお父さんルックに身を包んだ中年の男性もこちらを見た。入江が勤める弁護士事務所のボスだ。

「きみ、確か入江くんの友達の……？」

「蜂谷と申します。その節はどうも」

お互いに頭を下げ合う。以前、入江といたときに偶然顔を合わせたことがあった。

「あの、入江、どうかしたんですか？」

「ああ、彼は今マラソンなんてできる身体じゃないんだよ」

話を聞いてみると、入江は現在ややこしい依頼を抱えていて、そのおかげで連日の残業、心労で胃潰瘍《いかいよう》一歩手前なのだという。医者からは安静を勧められたがそうもできず、薬でごまかし、ここしばらく食事はお粥とヨーグルトばかり食べていたらしい。

「でも、さっきラーメン一気食いしましたよ？」

「あれが相当きいたんだね。下手したら胃に穴空いちゃうよ」

蜂谷は青ざめた。そんなこと知らなかった。入江はそんなこと一言も言わなかった。そっちは大丈夫かと聞いても「俺はなにごとにも万全の態勢で臨む。心配するな」と――。

「すみません。俺、いきます」

入江のボスに頭を下げ、蜂谷は急いで入江を追いかけた。

「入江、ストップ！　ストーップ！」

コースに飛び出し、ぴたりと並走しながら声をかけた。

「止まれ。おまえ、胃潰瘍なんだって？」

入江がこちらをちらりと見た。なぜ知っているという顔で、けれどすぐまた前を向く。

「知らん」

「知らんことないだろう。おまえの身体のことだ」

「その通り。俺のことだからおまえは心配するな」

ああ言えばこう言う。弁護士ってやつは――。

「なあ止まれって。頼むから」

しかし入江は聞いちゃいない。苦痛に顔を歪《ゆが》めながら走り続ける。

「おまえ、なんでそこまでして走んだよ!」

「……なんでだと?」

入江はぐうっと悔しそうに奥歯をかみしめた。

「おまえの会社の将来がかかってんだろうが!」

怒鳴るように言うと、入江はもう一段スピードを上げた。

そこでようやく係員がやってきて、蜂谷はコースから追い出された。

その間に入江は先へいってしまい、蜂谷は必死で追いかけた。

入江は十メートルほど先を脇目も振らず、前だけを見て走り続けている。

――ああ、もう無茶しやがって。

――でも、あいつは昔からそういうやつだった。

普通ならあきらめたり、どうせ世の中なんてと斜めに見て拗《す》ねたり、孤高を気取って自分を守ったりするところを、入江はそうしない。しんどいし、遠回りでも、自分は絶対にあそこにいくのだと決めた場所目指して、一心に、全力で、自分を曲げずに走ってきた。

毒舌だし、変人だけど、自分はそういう入江を好きになったのだ。

入江を追いかけながら、今、とんでもない熱量が胸に込み上げてくる。

――一度恋だ愛だを持ち込んだら、二度と友達には戻れないんだ。告白をするときは相手と切れていいという覚悟でする。そうでないなら胸に秘めておくしかない。

その通りだ。嫌というほどわかっているけれど――。

「入江、俺は――」

ようやく追いつき、沿道を並走しながら蜂谷は声を張り上げた。

入江はまっすぐ前を見据えたまま、こちらを見ない。

それでいい。一番入江らしい横顔に告げられる。

「俺は、ずっとおまえのことが――」

好きだと告げようとした寸前、手の中で携帯が鳴った。

堰《せ》き止められた声が、はうっとひっくり返った。こんなときに誰だ。ぶち殺すぞとらしくない言葉を内心で叫んだ。無視しようと思ったが、確認すると松田からだった。松田は自転車で先に三区にいっているはずだ。なにかあったのか。

『も、もしもし、蜂谷です』

『蜂谷さん、大変です。圭介《けいすけ》さんが走れない』

圭介さんとは松田の従兄弟だ。ストレッチ中に着ぐるみランナーがバランスを崩して転がったのに巻き込まれて捻挫《ねんざ》をしたらしい。支えがないと歩けないという。

『そんな、せっかく入江ががんばってくれてるのに』

話している間にも入江は先にいってしまい、そろそろ三区についてしまう。

『あ、入江さんが見えました。うわ、顔、真っ青ですよ』

『ちょっと待ってて。俺もすぐつくから、とにかく入江をそこから動かすな』

入江の性格だと、松田の従兄弟のことを聞いたら「俺が三区も走る」と言い出しかねない。全速力で三区へ走り、ついたときには蜂谷の心臓もやぶれそうだった。タスキの受け渡し場所では、危惧《きぐ》した通り、入江と松田がタスキの奪い合いをしている。

「あ、蜂谷さん、入江さんを止めてください。俺が三区も走るって聞かないんですよ」

——やっぱり。

「離せ、クソラーメン。俺しか走れるやつがいないんだからしかたないだろう」

蜂谷は慌ててふたりの間に割って入った。

「入江、もういい。もう棄権しよう。おまえは充分すぎるくらいやってくれた」

「馬鹿言うな。これはおまえにとって大事な勝負なんだろう」

怒鳴りつけられたが、蜂谷はそれ以上に声を張り上げた。

「俺はおまえの身体のほうが大事なんだよ！」

言い争う中、横合いから伸びてきた手がタスキを奪った。

えっとそちらを見て、蜂谷と入江はそろって目を見開いた。

「あたしが走るわ」

目深な帽子、サングラス、マスク――。

「良太郎……っ、なんでここに」

「気になってこっそり応援にきてたの。コースはわかってるから三区は任せて」

「え、でも足は――」

「怪我自体は治ってるのよ。問題はあたしの気持ちの弱さなの。以前と同じ走りができるのか。また怪我をするんじゃないのか。ライバルとの差を埋められるのか」

言いながら、花沢は帽子もサングラスもマスクも取っていく。突如現れた陸上界のイケメンプリンスに、周りできゃあああーっと若い女性の声が上がり、蜂谷と入江は慌てた。

「馬鹿、これテレビ局入ってんだぞ。カメラもきてるし全国ネットで放送――」

「そんなのもういい」

花沢は真顔でこちらに向き合った。

「あたし、ずっとレオレオの後ろを変装して自転車でついて走ってた。レオレオと孝之ががんばってるの見て、逃げ回ってる自分がすごく恥ずかしくなったのよ」

良太郎はストレッチのあと、その場で猛烈な腿上げをはじめた。

「あたし、半端な自分をもう吹っ切りたいの。ううん、吹っ切ってみせる。だから、あんたたちも腹決めなさい。あたしが一位を取ったら、素直に気持ちを打ち明けるのよ」

そう言うと花沢はタスキをかけ、

「じゃあ、いくわ」

とすうっと走り出した。美しいフォームなのに鋭い風が巻き起こり、その場にいた蜂谷たちの頬を切っていった。あっという間に花沢の背中は小さくなっていく。

地元のヒーローだけあり、みんな花沢を知っている。お祭り気分な声援とは種類のちがう歓声が沸き上がり、ようやく事態を把握したカメラがバイクで花沢を追いかけた。

「蜂谷、追いかけるぞ」

呆然としていると入江が言った。

「無理だ。本気出した良太郎に俺たちが追いつけるかよ」

しかし入江は「あいつ、自転車だと言っていたろう」とあたりを見回した。そうかと蜂谷も目を動かし、沿道の端に停められている花沢の自転車を見つけた。預かったシャツのポケットをさぐると小さな鍵が出てくる。よしと入江と顔を見合わせた。

「俺がこぐ。おまえは後ろな」

蜂谷がサドルをまたぎ、入江は後輪のハブステップに足を引っ掛けた。自転車の二人乗りは禁止されているので、入江は花沢から預かったシャツを羽織ってチーム名をかくし、帽子とサ

ングラスとマスクで顔もかくした。どこまでも抜かりのない男である。

「よし、いくぞ」

蜂谷はよいしょとこぎ出した。二、三回ペダルを回すとスピードに乗れる。ぐんぐん走って花沢を追いかける。背後では、入江が携帯で松田からレース状況を聞いている。

「花沢は穂高《ほだか》神社前を通過、現在二十七位」

「もうそんなに抜いたのか？」

蜂谷もペダルをこぐ足に力を込めた。コースを進むごとに沿道の応援が多くなっていく。入江が携帯で調べたところ、地方の駅伝大会に失踪中の花沢良太郎が現れ、今現在走っているという情報がツイッターで拡散されまくっていることがわかった。

「蜂谷、花沢がいたぞ。コース前方十メートルほど先だ」

後ろで入江が叫んだが、沿道の応援で自転車をこいでいる蜂谷からは花沢が見えない。

「紫の特攻服を抜いたぞ」

「それ『蘭々』だし！」

父さん、ごめんと心の中で謝った。

花沢はブランクがあるとは思えない怒濤《どとう》の走りで順位を上げていく。二十位、十五位、十位、七位……。相当離されていたのに、やはりレベルがちがう。

そして残り二キロの地点で、ついに先頭グループの背中をとらえた。しかし優勝候補と目されているチームはどこも経験者で揃えている。今までのように楽には抜けないぞと危惧したとき、花沢がトップギアに入れた。一際大きな歓声が沸く。

「うおっ、馬鹿みたいに速くなったぞ。蜂谷、もっとこげ。離されてる」

「まじかよ！」

こっちは自転車だぞとビビりながら速度を上げた。暑い。汗が顔中流れ落ちる。人垣で見えないけれど、花沢も同じように汗をかいているんだろう。

「先頭グループに追いついたぞ！」

後ろで入江が叫ぶ。普段の冷静さはもうない。

「一気に三人抜いた！　あとふたりだ！」

情報を知って集まった地元の人たちが花沢の名前を叫んでいる。見上げるマンションや住宅の窓にも、手を振って応援している人がいる。すごい。すごい。あれは俺の幼馴染みだぞと自慢したくなる。入江の手が、ぎゅっと蜂谷の肩をつかんで興奮を伝えてくる。

「はーなざわ！　はーなざわ！　はーなざわ！」

入江とふたり、沿道の人たちに合わせて声を出しまくった。

そして残り五百メートル地点、花沢はふたりをぶっちぎって一位に躍り出た。

瞬間、うわあっとすごい歓声が響いた。

蜂谷は立ち上がってペダルをこいだ。全力の花沢とこちらも全力で並走し、ゴールテープを切った瞬間の花沢の表情を目に焼きつけた。花沢は泣きながら笑っていた。

「良太郎！」

自転車を乗り捨てて、ゴール脇へ走った。蜂谷と入江の姿を見て、花沢が両手を広げてやってくる。しっかりと抱き合い、花沢が声のかぎりに叫んだ。

「あたし、やったわ～！」

オネエ言葉での勝利宣言は、全国放送のテレビカメラにしっかりと撮られた。

「レオレオ、ごめーん、ついでにピーチフィズ取って」

カウンター越しに声をかけられ、はいよーと冷蔵庫から追加のつまみとピーチフィズを出して居間に戻った。テーブルの上は四人分のグラスと皿でごった返している。

大会が終わってから、マスコミから花沢をガードし、蜂谷、入江、花沢、松田の四人で蜂谷宅に戻っておつかれさま会を開いた。松田の従兄弟も誘ったのだが、足を痛めたことを聞いた奥さんが車で迎えにきて一緒に帰っていった。チームの力になれなかったことを謝り、花沢良太郎の復活を市民ランナーのひとりとしてひどく喜んでいた。

一位でゴールしたのだから本来は祝勝会といきたいところだが、二区の食べ処でタスキを受け渡す前に入江が汁なしそばを食べてしまったこと、さらに登録外メンバーが走ったことでダブルの規定違反、つまり失格、というわけでおつかれさま会となった。

入江の意見陳述風食レポや花沢復活など、テレビ的にはおいしいところだらけだったので宣伝にはなったが、失格は失格。父親の説得は一からやり直しとなった。けれど今回はみんながんばってくれたのだから、もうそれでいい。いや、これ以上はない最高の結果だ。

ちなみに『蘭々』は六位に終わった。みんな精一杯やったと父親は社員をねぎらい、特攻服で走ったランナーたちには社長賞の金一封を出していた。父親はワンマンだけれど、こういう情の厚さが人望につながるのだろう。二代目として見習いたい姿勢だ。

「にしても良太郎、鬼速だったよなあ」

ビール片手にもう何度目かの感慨にふけると、ふふっと花沢が笑った。

「最初は少し不安だったけど、走り出してすぐわかったわ。足に羽根が生えてるみたいに軽かった。やっと自由になれたって筋肉が喜んでるのが伝わってきた。一歩踏み出すたびにワクワクして、速く、もっと速くって見えない手に背中を押されてるみたいだった」

花沢はしみじみと目をつぶった。わずかに切ない表情は、本人にもどうしようもない業みたいなものを受け入れたように見える。やはりこいつは根っからのランナーなのだ。

「気持ちは固まったのか？」

入江の問いに、花沢はこくりとうなずいた。

「うん、競技に戻るわ」

「今日のオネエ言葉でのフィニッシュで、またマスコミに騒がれるぞ」

「それもういい。十代のころからずっとオネエな自分と、男としてしか成立しないマラソンの才能を両立させるのがきつかった。みんなに嘘ついてるっていうか、悪いことをしてる気分で、でもそういうの全部今日吹っ切れた。あたしはオネエであり、ランナーでもある花沢良太郎なの。バッシングされても、それがあたしだから、もうしょうがないの」

へへっと花沢は笑い、親には迷惑かけちゃうけど……と涙ぐんだ。その涙は自分の選択を後悔しているわけではなくて、子供として親に対しての気持ちだった。

「良太郎、しんどいときは俺らがいるからな」

蜂谷は自分のグラスを花沢のグラスにぶつけた。入江も黙って同じようにした。松田も自分のグラスをぶつけ、みんなに『おまえも？』という目で見られて拗ねはじめた。

「だ、だって入江さんも食べ処で俺のこと絶賛してくれたじゃないですか。俺を仲間として認めてくれたんですよね。ああ、でも全国放送で俺のフルネームを連呼するなんて、すごい嫌がらせだと思いました。どこから見ても日本人なのに、ジュリアンってなんだよって子供のころからいじめられて、俺、大人になってからは名前は誰にも教えてなくて……」

松田はうつむいてぶつぶつ言いはじめた。

「だから蜂谷さんに名刺もらったとき、あ、同類だって親近感が湧いたんです」

そう言われ、蜂谷は名刺を渡したとき憐《あわ》れみの目を向けられたことを思い出した。あのときはむっとしたが、同病相憐れむだったのか。確かに自分も『獅子』と書いて『レオ』と読むキラキラネームを一生背負う身として親近感を覚える。しかしジュリアンって（プッ）。

「けど入江、よくあんなに詳しく松田くんのこと調べてたな」

感心する蜂谷に、入江はすっと目を逸らした。

「……まあ、あんな展開もあろうかと」

「やっぱりそうか。さすが入江」

「嘘ばっかり。孝之、松田くんのこと気になってたんでしょう」

花沢の突っ込みに、入江も蜂谷も松田も「え？」となった。

「入江さん、もしかして俺の尻を狙って……？　あ、でもすみません。俺は蜂谷さんみたいな優しくて綺麗《きれい》な人が好みなんです。奥さんにもらったらすごく幸せにしてくれそうで」

「クソラーメン、蜂谷になにかしたら殺……告訴するぞ」

入江は松田に本気の蹴りを入れた。「痛っ」「痛いですよー」と怯えて丸まる松田をしつこく蹴りまくる入江を見て、花沢がぼそりとつぶやいた。

「孝之、松田くんがレオに手を出さないかどうか、気になって身辺調査したのね」

ぴたりと入江は松田を蹴るのをやめた。

「…………は、蜂谷は花畑だからな。友人として心配してやるのは当然だろう」

「苦しい言い訳ねえ。孝之もいいかげんちゃんと自分の気持ちを——」

「花沢、もっと飲め」

入江は花沢のグラスにビールをどばどば注いだ。

「やだ、あたしのピーチフィズになにするのよ」

「横浜《よこはま》土産に桃ビールというのをもらったことがある。それだと思え」

「え、そんなのあるの？　桃ビールってなんだかかわいいわね」

花沢はどれどれと偽桃ビールを飲み、「……微妙」と顔をしかめ、みんなで笑った。

十二時を過ぎたあたりで、そろそろお開きにしましょうかと花沢が言った。酔って人懐こくなってしまった松田がまだ飲みたいとぐずったが、花沢は「あたしでよかったら、また今度つきあってあげるわよ」と松田と連絡先を交換していた。

「じゃあ、俺もそろそろ」

立ち上がろうとした入江の肩を、花沢は笑顔でぐいっと押し下げた。

「孝之はまだ帰っちゃ駄目」

「なぜだ」

「約束したでしょう。あたしが一位を取ったらって」

——あたしが一位を取ったら、素直に気持ちを打ち明けるのよ。

「……あれは」

言いよどむ入江を制して、蜂谷は花沢に向かい合った。

「うん、そうだったな。良太郎、ありがとう」

真っ直ぐ目を見て礼を言うと、それだけで花沢には通じたようだった。

「レオレオ、あたしこそありがとう。あたしが勇気出せたのあんたたちのおかげよ」

大好きよ、がんばって、と花沢は蜂谷を抱きしめた。

花沢と松田は帰ってしまい、入江とふたりで居間に取り残された。急にしんとしてしまった空間で入江と目が合う。心臓がばくばく鳴りはじめる。

「……とりあえず片づけるか」

沈黙に耐えかねたように、入江がテーブルの空き缶に手を伸ばす。

「いいよ。あとで俺がやるし」

「大変だろう。洗い物も多いし」

立ち上がろうとした入江の手を、「いいって」とつかんだ。

入江と目が合う。心臓が破裂しそうに苦しい。怖い。逃げたい。怖い。逃げたい。

恐怖が限界までふくれ上がり、ぱちんとはじけた。

「俺、おまえが好きだ」

ようやく言えた言葉に、入江はフリーズした。

「高校のときから、ずっとおまえだけが好きだった。でも言えなかった。言ったら友達でいられなくなる。他に好きになれるやつ作ろうって、がんばったときもあったけど」

入江は固まったまま、じわじわと汗をかきはじめる。

「ごめん、困らせるつもりはないんだ。おまえに好きなやついることは知ってるし、だから俺もう本当に新しい恋をしようと思って、でもその前に好きだったことだけは言いたいと思ったんだ。高校んときから八年だし、ちゃんと終わらないと次いけないし」

入江はまだ呆然と自分を見ている。

——うん、やっぱ駄目だよな。

蜂谷は無理やり笑い、入江の手を取った。

「はい、終わり。もう帰っていいぞ」

入江の手を引っ張って、強引に玄関につれていく。

「おまえとはもう会えないけど、おまえと友達になれてよかったよ」

もう駄目だ。こらえていたものがぶわりとあふれ、慌ててうつむいた。

「悪い。こういうの見られたくないからもう帰れ」

伏せた視界の中で、入江の爪先は自分と向かい合ったまま動かない。

「……なあ入江、頼むよ。勝手で悪いけど」

すべてを言う前に抱きしめられて、勢いで廊下の壁に押しつけられた。

「俺も、おまえが、好きだ」

なにを言われたのか、よく理解できなかった。

「……へ？」

抱きしめられているので、入江の肩越しに見慣れた廊下しか見えない。

「俺も、おまえが、好きだ」

入江が繰り返す。水が染むように、じわじわと言葉の意味が胸に広がっていく。

「……嘘だ」

「嘘だったらいいと思うほど、ずっとおまえが好きだった。自覚したのは大学のときだが、多分、もっと前から好きだった。もういつからなんてわからん。おまえが初恋だ」

どうしよう。鼻の頭が熱い。視界が派手にぶれていく。

「で、でも、おまえ、こないだ俺の知らない男と抱きあってたじゃないか」

「なんだ、それは」

「夜中に、俺と松田くんがマラソンの練習してるとき」

「ああ、あれか。あれは依頼人だ」

「おまえは仕事相手を抱きしめるのか」

ぐしゃぐしゃの声で問うと、入江は身体を離して蜂谷の顔をのぞき込んできた。

「泣いてるのか？」

「泣いてない。見るな」

手の甲で乱暴にぬぐっても、あとからあとからこぼれてくる。ああ、みっともない。うつむいて泣き顔を見せないようにするが、入江が珍しくうろたえながら言う。

「泣くな。頼むから泣かないでくれ。あれは本当に依頼人だ。大量の動物が殺処分されるかもしれない瀬戸際で、向こうが泣きだしてしまったから励ましていただけだ」

「……殺処分？」

「つぶれたペットショップの倒産処理だ。整理できるものは整理して少しでも負債を少なくするのが俺の仕事だが、ペットショップだから商品は生きた動物なんだ」

店で管理していた猫や犬、ハムスターやウサギなどの引き取り手を社長一家をはじめ、入江も手を尽くして探していたのだという。期日をすぎればすべて保健所いきとなっていたが、

「昨日の夜、無事にすべて引き取り手が決まった」

そう聞いて蜂谷もほっとした。

「……あれは地獄だった。檻《おり》に入った仔犬や仔猫が、つぶらな黒い目で俺を見るんだ。見ないようにしていても、社長の息子、こないだおまえが見た男だ。あいつが『みんな、大丈夫だからね。この弁護士さんがきっと助けてくれるからね』と言うんだ。ＢＧＭは動物の悲しげな鳴き声で、そのときの俺の気持ちがわかるか。胃潰瘍寸前まで追い詰められたんだぞ」

「……それが原因？」

冷静沈着、鉄の意思をもって目的遂行に邁進《まいしん》する入江が胃潰瘍になるなんて、一体どんな非道な事件を担当したのかと思ったが、意外すぎる一面に思わず笑いが込み上げた。

「笑うな」

入江がむっと口元を曲げ、ごめんと謝った。

「けど、だったらそう言えよ。俺はてっきりあの彼が好きなやつなのかと……」

「だから依頼人と打ち合わせだと言ったろう」

「省略しすぎなんだよ。一番大事なとこ省くな」

「友人を相手に、必死で言い訳するほうがおかしいだろう」

「……そりゃそうだけど」

誤解していた間の切なさを思い出し、つい仏頂面になってしまう。

「妬《や》いていたのか？」

「悪いか」

「悪くない。もっと妬け」

「え？」

「今まで、俺ばかり妬いていたからな」

「おまえが？　俺に？」

「俺の気も知らないでおまえは好き勝手、やりたい放題だった」

「おれがいつそんなことを？」

「大学のとき、おまえの男が乗り込んできたことがあったろう。おまえにはずっと彼氏がいたことも、俺だけが知らなくてダブルショックだった。最近でも松田に押し倒されてキスされそうになってたし、惚れてるなんて言うし、連日松田の店に通うし」

「あれはラーメンの味に惚れたってことで」

「それでも心配だし、腹が立つんだ」

怖い顔でにらみつけられ、蜂谷はぽかんとした。

「だから、松田くんにきつく当たってたのか？」

「悪いか」

「悪くない。もっと妬いてほしい」

「俺のセリフを取るな」

思わず笑うと、入江は不機嫌そうに眉をひそめた。

「今後一切、俺以外の男にそんなふうに笑いかけるな」

しかめっ面のまま、入江が顔を寄せてくる。

「死ぬほどかわいいから、他の男に目をつけられないか心配だ」

言葉の最後で唇が重なって、気が遠くなるほどの幸せの中に頭から浸けられた。

寝室のベッドにもつれるように倒れ込み、キスをしながら服を脱がせ合った。お互いにひどく興奮している。息を乱す中、ふっと思い出した。

「おまえ、胃、大丈夫なのか?」

入江は、こんなときに……という顔をした。

「今、我慢するほうがストレスがたまる」

でもと言いかけた唇を、重いキスでふさがれた。

大きな手が肌の上を性急に下降していき、すでに反応している中心にたどりつく。手触りや形を確かめるみたいにやんわりとにぎりこまれ、腰全体がきゅうっとなった。

「ここ、すごいことになってるぞ」

耳元でささやかれ、顔全体に熱が集まった。入江の手の中で、蜂谷のそれは期待に限界まで張り詰めている。先端にふれてくる指が、あふれた先走りでぬるりとすべる。恥ずかしくて死にそうになりながら、蜂谷も入江の中心に手を伸ばした。

「おまえも人のこと言えないだろ」

入江のものも同じように熱く張り詰めている。至近距離で見つめ合い、照れ笑いとキスをかわし合った。性器をやんわりと愛撫《あいぶ》しながら、入江の手はその奥の閉ざされた場所へもぐりこんでいく。羞恥と少しの怖さに目をつぶる。ふれられるのを待っていると、

「悪い」

入江がつぶやき、え、と目を開けた。

「また、なんの用意もしていない」

痛恨のミスをしでかしたような重々しい告白だった。また、という言葉に初めて寝たときのことを思い出した。あのときは苦肉の策でハンドクリームを使ったことを思い出す。

「大丈夫だ。ある」

「え?」

蜂谷は身体をひねって手を伸ばし、サイドチェストの引き出しから専用のローションを取り出した。これを使えと差し出すと、入江はなぜか微妙な顔をした。

「どうしてこんなものを?」

どきりとした。入江と初めて寝たあと、蜂谷の自慰のやり方は変わった。入江との行為を思い出しながら自分でもたまに後ろをいじるようになり、そのときのために通販で買ったのだが、そんな恥ずかしいことは言いたくない。

「どうでもいいだろう。ほら、いいから使え」

強引に渡すと、入江はなんとなく納得できないような顔をしたが、それを振り切るように蜂谷にキスをしてきた。ほどなく行為が再開される。

「……んっ」

ローションをたっぷりとまとわせた指が後ろにふれてくる。丁寧に周辺を揉みほぐされ、声がもれるのをこらえた。充分にほぐしたあと、ゆっくりと指が入ってくる。

「痛くないか？」

「……ん、平気」

指一本程度なら自分でしていて慣れている。違和感くらいで痛みはない。

それよりも羞恥が先に立つ。入江とするのは二度目だけれど、四年ぶりなんてほとんど初めてと同じだ。それでも、けっして急がない指の動きに煽《あお》られて息が荒くなってくる。最初の違和感もどんどん小さくなって、入れ替わるように糖度をまとった熱が生まれる。

「……あっ」

入江の指が弱いところをかすめ、思わず声がもれた。

「痛かったか？」

ちがう。首を横に振ると、ためすみたいに同じ場所を強く押された。性器の裏側あたりの浅い場所を刺激されると、頭の奥で続けざま火花がはじける。

「……く、う、んっ」

鼻にかかった声がもれる。育ちはじめた快感を追っていると、ふいに指が止まった。

「……入江？」

うっすら目を開けると、ひどく怖い顔の入江と目が合った。

「俺以外の誰とした？」

「……え？」

「前のときより反応がいい。専用のローションまで持っているし」

ぽかんとして、それから慌てて首を横に振った。

「だ、誰ともしてない」

「嘘をつくな。正直に言えば怒らない」

とすでに怒った顔で迫られて焦った。

「本当だ。嘘じゃない」

「じゃあ、どうしてこんなに反応がいいんだ」

言いながら弱い場所を刺激され、不意打ちで声がもれた。

「俺以外の男にこんなことをさせたのか？」

「……っ、さ、させて……な、ほんと……にっ」

答える間も、やわやわと浅い場所をいじられて声が跳ね返る。

「じ、自分で、して……っ、ただけで」

「自分で？」

かっと首筋まで熱くなった。

「お、おまえとしたときのこと思い出して……してた。ローションも通販で……」

どうしてこんな恥ずかしいことを言わなくてはいけないのか。赤く染まった顔でにらみつけると、恐ろしかった入江の表情が安堵《あんど》から喜びへと変化していく。

「こんなふうに、俺にされたかったのか？」

どこかニヤけた表情で、ぐりっと弱い場所をえぐられた。

「や、やだ、そこ、駄目だ……っ」

必死で首を振り立てると、入江が身体を起こした。膝裏に手を当てられ、そのまま左右に大きく開かされる。慌てて閉じようとしたが手遅れだった。

「馬鹿、やだ、こんな恰好……っ」

「ああ、いやらしすぎて血管が切れそうだ」

荒い息遣い。目は興奮で血走っている。こんな入江は初めてだった。

足を大きく開かされた恰好《かっこう》で、二本に増えた指が入ってくる。そろえられた指がゆっくりと出入りを繰り返す。弱い場所でくの字に折り曲げられるたび顎が跳ねあがる。

「……んうっ、や、ああ……っ」

ばらりとほどけた指で、せまい場所を広げられる。何度もローションを注ぎ足され、淫らがましい音が立つ。指はもう三本に増えている。甘ったるい蜂蜜を詰め込まれたように全身が重くなって、頭がぼうっとする。ゆるい喘《あえ》ぎ声と、熱く湿った息ばかりがもれる。

ふいに手を取られて、自分のペニスをにぎらされた。

「自分でしてるところを見せてくれ」

ぎょっとした。そんな恥ずかしいことは嫌だと首を横に振る。

しかし手を重ねられ、強引に上下にこすられる。ぐんと快感が深まる。

「……や、やだ、これ……あ、ああ」

大きく足を開いた恰好で、後ろを責められながらの自慰行為を入江が食い入るように見ている。恥ずかしい。なのにその恥ずかしさが快感に拍車をかける。みるみる限界がやってきて、自分で自分を慰めることをやめられない。後ろへの責めも一層激しくなる。ブレーキがかけられないまま、こらえきれずに手の中で熱がはじけた。

「……っ、んう、んっ、ん」

足を左右に開き、入江の視線にさらされたまま射精した。先端から吹きこぼれた蜜で手がすべる。後ろから指が抜けていく。そんな刺激にも反応して腰がよじれた。

興奮に息を乱していると、腰を抱え上げられた。浮きあがった尻を入江の太ももの上に乗せられ、ちょうど指でほぐされた場所に熱く張り詰めたものが押しつけられた。

「入れるぞ」

ローションと先走りでぬるついた先端をなじませるように幾度か円を描いたあと、少しずつ圧をかけられる。指とは比べようもない質量にさすがに息がつまった。

「う……っ」

一番張り出した部分を受け入れてしまうと少し楽になる。初めてのときは、さすがに痛みがあった。今回は自分で慣らしていたことがきいている。そのぶん、快感の輪郭がはっきりわかる。ゆっくり入ってくる熱を感じていると、ふいに入江が止まった。

「やばい」

「……え？」

ぼんやりと問い返す。

「このまま進んだら即死する」

押し殺したつぶやきと一緒に、半端に浅い場所で腰を揺らされた。

「指でよかったのは、このあたりだろう？」

敏感な場所を先端でえぐられ、爪先まで痺《しび》れるような感覚が走った。

射精して力を失くしていたものが、ふたたび勃《た》ち上がっていくのを感じる。シーツをぎゅっとつかんで引き寄せた。強烈な快感に涙がにじんでくる。

「や、あ、あ、そこばっか……っ」

「ああ、悪い。俺も、もう限界だ」

苦悶に歪んだ顔で入江がつぶやき、次の瞬間、一気に最奥まで入ってきた。

「ひ、あ……っ」

深くつながった最奥で、熱いものが広がっていくのを感じた。蜂谷に覆いかぶさり、きつく抱きしめたまま、ぶるりと入江が震える。死にそうな息遣いにじわじわと悦びが湧いた。

「……気持ちよかった？」

　腕を回すと、入江の背中は汗で濡《ぬ》れていた。

「……死ぬほどよかった」

　はあはあと乱れた息の答えが返ってくる。

「悪い。すぐに復活させる」

「いいよ。これで充分」

　八年も片思いをしていた相手と両想いになれた初めての夜、自分の中で惚れた男を気持ちよくいかせた。めちゃくちゃ幸せだし、なにも不足はない。しかし——。

「ふざけるな」

　入江は強張った声で言い、身体を起こした。

「おまえ、俺を早漏だと思っているだろう」

　至近距離、怖い顔で問われてどきりとした。慌てて首を横に振ったが、その慌てた感じが肯定につながってしまい、入江はますます恐ろしい顔になっていく。

「俺は早漏じゃない。自分でやるときはもっと保つ」

「そ、そうなんだ」

　と答えながらも、初めてのときも入江は挿入と同時に即死だったなあと思い出した。それが伝わってしまったのか、つながったままぐいと腰を揺らされた。

「……ひぁっ」

不意打ちだったので思わず声が出た。

「それを、今から証明する」

アホかと思った。すでに即死したあとで証明もクソもないだろう。しかしぴたりとつながったまま腰を回され、下腹全体がよじれるような快感に口をふさがれた。

「あ、あ、いり、え……っ」

受け入れている場所がどんどんきつくなる。入江のものはあっという間に力を取り戻し、わざといやらしい水音を立てるような動きをする。

「……や、やだ、かき回すな」

注がれたものを奥へ奥へと塗り込めるような動きに、体温が一気に上昇する。甘ったるい息ばかりがもれて、身体のあちらこちらが意思とは無関係に痙攣《けいれん》する。

「気持ちいいか？」

入江はぎゅっと眉根を寄せていて、なのに目だけは蕩《とろ》けている。苦しいような、甘いような、複雑な表情。胸が苦しい。入江のこんな顔は誰にも見せたくない。

「俺以外の男に、こんなことをさせるなよ」

入江が言う。馬鹿野郎。それはこっちのセリフだ。

「おまえもな」

なんとか声を振り絞ると、入江は眉間の皺《しわ》を深くした。

「俺はおまえのものだ」

すごい殺し文句に息がつまった。ああ、やばい。心臓丸ごとわしづかみにされたように苦しい。でも離してほしくない。わけのわからない興奮を伝えたくて手を伸ばした。応えるように入江が覆いかぶさってくる。腰をぐっと押しつけられ、そのまま奥をかき回されるとたまらない愉悦がこみ上げる。自分の中で、入江のものは完璧に力を取り戻している。

「い、入江、そこ……っ」

ぐちゃぐちゃに蕩けている場所をくまなくこすり上げられ、わけがわからなくなる。最後の階段を駆け上がるために、限界を訴えているペニスに無意識に手を伸ばす。

「入江、身体、ちょっと浮かして……」

ぴたりと密着していて、解放を訴えている場所にさわれない。

「後ろだけでいったことはないのか?」

必死でうなずいた。自分でするときも最後は必ず前でいっていた。やり取りの間もずっと限界一歩手前の快感が続いていて、みるみる理性が崩れていく。早くいきたくてたまらない。しかし入江はそこにふれさせてくれない。逆に密着を深めてくる。

「い、入江、少し離れろって」

覆いかぶさってくる背中をめちゃくちゃに叩《たた》くが、

「このままいけばいいだろう」

熱のこもった声で耳元をくすぐられた。

「む、無理、無理……あ、あっ」

腰の動きが深くなり、ぞくりとしたものが背筋を走る。ゆっくり引かれ、奥まで一気に貫かれると身体のあちらこちらで血が沸き立つ。ぶわりと汗が吹き出し、涙がにじんだ。

「だ、駄目だ、これ、やばい、あ、ああ……っ」

力任せに引きずっていかれそうな、こんな感覚は知らない。無意識にずり上がっていく身体をきつく抱きしめられた。身動きできない状態で激しく揺さぶられ、ついに限界がきた。

「――――っ」

声も出せずに、ぎゅっと入江にしがみついた。強烈な快感に伴って、細かな痙攣がずっと続く。ああ、やばい。どうしよう。これは深すぎる。余韻がまったく引かない。入江を受け入れている場所はまだ熱く疼《うず》いていて、乱れた呼吸のまま入江にしがみつくしかない。

「いけたじゃないか。後ろだけで」

耳たぶを甘く噛まれて、びくりと身体が震えた。

「よかったか?」

「……聞くな、そんなの」

「聞きたいんだよ。わかれ」

汗で濡れた額にくちづけ、蜂谷の中から入江が出ていく。内側がきゅうっとしまって入江を引き止める。いやらしい反応は絶対に伝わっていて、羞恥に耳が熱くなった。

恥ずかしさに顔を見られないでいると、いきなり身体ごと反転させられた。腰だけを高く上げさせられ、強引に足を開かされた。とんでもない恰好に全身が朱に染まる。

「ちょ、この恰好……ん、うっ、ん」

抗《あらが》う間もなく指が入ってくる。反射的にしめつけたが、散々蕩かされた場所は簡単に異物を受け入れてしまう。中で指を開かれ、注がれたものがこぼれて内腿を伝い落ちた。

「……や、やだ、やめ……」

指の動きに合わせて、くちくちと淫《みだ》らな音が立つ。

「すごいな。もっとしてくれって言ってるみたいに吸いついてくる」

「う、嘘だ、そんなの……、あ、ああ」

普段の射精とちがい、後ろだけでいったあとは中がひどく敏感になる。力を失くしていたペニスにすぐに芯が入りはじめ、自分でも信じられなかった。

「……っ、ふっ、んう、あ、ああ」

熱く潤んだ中を執拗《しつよう》に責められ、息も絶え絶えになったころ、ようやく指が抜かれた。ほっとしたのも束の間、熱く猛ったものを押し当てられる。

「ちょ、ま、待って、今、入れられたら……あ、あ、あー……」

ぐっと圧がかかり、太くて熱いものが入ってくる。

「やっとおまえとこうなれたのに、簡単に終われるはずがないだろう」

じりじりと入江の形に拓かれながら、圧迫感にシーツをきつくにぎりしめた。

「……な……んで、さっきより……おっきい」

「おまえがいやらしすぎるからだ」

一気に奥まで入ってこられ、すぐに抜き差しがはじまった。断続的に声がもれ、気持ちよさに腰がよじれる。ふれられてもいないペニスから、ふたたび先走りがしたたり落ちる。

「……っ」

伸びてきた指先が胸の突起にふれてくる。指の腹で押しつぶしながら転がされると、限界を訴えている下腹にさらに甘ったるい疼きが追加されてたまらなくなった。

「や、やだ、胸……っ」

波のように押し寄せる快感に呼吸がひっくり返った。

「い、入江、もう……っ」

「いきそうか？」

うなずくと、ペニスの根元を強くにぎられてびくりと震えた。すぐそこまできていた絶頂をせきとめられたまま後ろを突かれ、過ぎる快感に瞼《まぶた》の奥で火花が散る。

「俺ももうすぐだから、……今度は一緒に」

「む、無理、も、いきたい……っ」

「誰ので？」

ひどい。こいつはサドだ。あとで覚えてろと涙をにじませながら白旗を振った。

「い、入江ので……いかせてほしい」

蜂谷の中で、入江が一際大きくなる。次の瞬間、ぐっと最奥までつながったまま入江がはじけた。ペニスをいましめていた手が離れ、同じタイミングで蜂谷も達した。

「あ、あ、や、それ、やだ、あ……っ」

腰をしっかりとつかまれ、放出のたび、ぐっぐっと中を突かれる。

中がめちゃくちゃに痙攣して入江をしめつけている。

「……悪い、止まらない」

ふたたび入江が動き出し、えっと目を見開いた。これ以上は無理だ。けれど休む間もなく再開された行為に巻き込まれ、断続的に甘ったるい喘ぎがこぼれる。

「……俺は、おまえが好きすぎる」

激しく揺さぶられながら、熱にまみれた告白で頭の芯まで蕩けた。

◇◆◇

駅伝大会から一ヶ月ほどが経った月曜の朝。

朝食の用意をしながら、なんとなく重だるい腰と尻をさすっていると、洗面を終えた入江がリビングに入ってきた。休日に泊まりにくるのはもう何年もの習慣だが、それまで別の部屋で寝ていたものを、恋人になってからは同じベッドで眠るようになった。

「腰、どうした」

キッチンカウンター越しに問われ、蜂谷は情けない顔をしてみせた。

「痛いんだよ。あと尻も筋肉痛」

「へえ？」

「おまえがあんないやらしい男だとは思わなかった」

唇をとがらせる蜂谷に、入江はにやにや笑いを浮かべた。

平日はお互いに忙しいのであまり会えない。代わりに休日はすごいことになる。昨夜はとんでもない体位を要求され、絶対に嫌だと拒んだが、なんだかんだで……した。入江は本気でいやらしい男だ。けれど自分は入江しか知らないので、もしかしたら他の連中も口に出さないだけで、恋人とふたりきりのベッドではすごいことをしているのかもしれない。

「本当に嫌なんだったら控えるぞ」

「……べ、別に嫌じゃないけど」

赤い顔でごまかすように卵白をかきまぜる蜂谷を、入江は鼻の下を伸ばして見ている。いつも真面目くさっている入江の、こういうスケベ面を知っているのは自分だけだ。

朝食は入江の好きなふわふわオムレツにした。あとは野菜スープとラディッシュの浅漬けとこんがり焼いたカンパーニュに蜂蜜バター。細身の割に入江はよく食べる。

「俺はもう駄目だな」

好物のふわふわオムレツを食べながら、入江が難しい顔でつぶやいた。

「味、おかしかった？」

「逆だ。俺は胃袋ごとおまえに落とされた」

悔しそうにばくばく朝食を食べる入江を、蜂谷はよしよしと満足げに眺めた。

食べながら、お互いの今週の予定を確認する。入江は水曜から出張で福岡《ふくおか》にいく。週末にかかる出張なら自分も合流して博多《はかた》ラーメンが食べられたのに。とりあえず『めんべい』を買ってきてくれとお願いした。福岡名物で明太子風味のせんべいでうまいのだ。

「気をつけていってこいよ」

「ああ、おまえも今日の試食会うまくやれ」

「うん、大丈夫。……だと思うけど」

駅伝大会では失格になったが、蜂谷たちの奮闘を見ていた父親と役員が、『松田』の汁なしそばを試食してもいいと言ってくれた。それが今日だ。

花沢効果もすごかったが、父親や役員たちをその気にさせたのは、入江の『松田』に関しての意見陳述風食レポだった。なんと父親は以前、松田の祖父に製麺について指導を乞うたことがあったのだ。あの人の孫なら――と、頑固な父親も考えを改めてくれた。

「入江サマサマだな。あの意見陳述はほんとすごかったし」

「当然だ。本職だぞ」

「棒読みの食レポがはじまったときはどうしようかと思ったけど」

にっと笑うと、入江は口元をへの字に曲げた。結果がよければすべてよしだ。けれど中にはひやりとする場面もあった。大会には母親も応援にきていて、あとで言われたのだ。

――レオたんのチームで二番目に走った弁護士さん、すごく大谷《おおたに》先生に似てたわね。

大谷？　誰だそれはと首をかしげ、あっと思い出した。

高校時代、入江は大学生と身分を偽って蜂谷の家庭教師をしていた。そのときに使った偽名が大谷だった。もちろん他人の空似で押し通したし、この先も押し通さねばならない。若気の至りとはいえ、入江はまあまあスレスレの人生を送っている。

「とにかく今日はがんばれ。松田さえちゃんとやれたら味は問題ないだろう」

「そうであってほしいけどなあ」

昨夜、松田から《緊張で下痢になりました～》とメールがきた。松田のパターンにも慣れてきたので《大丈夫。薬を飲んでお腹を温めて早目に寝るんだよ》と返しておいた。

「おまえは聖母か」

えっと皿から顔を上げると、案の定、入江は怒っていた。

「おまえは松田を甘やかしすぎだ」

――いや、さすがに本社の調理室で役員の前で作るとか緊張するだろう。

と思ったが、ここで擁護すると入江スイッチが入ってしまう。

「うん、そうだな、これから気をつける」

と平和的に答えながら、こいつって意外と嫉妬深いよなあと、まんざらでもない気分に浸った。片思いが長かったので妬かれることすら嬉しいのだが、これが長年続くとうっとうしくなるんだろうか。そんな安定した境地に早く達してみたいと思う。

「おまえ、適当にお茶をにごそうとしているだろう」

どきりとした。伊達《だて》に八年もつきあってない。

「まったく……。そんなんだから松田のようなヘタレにまで押し倒されるんだ。俺以外の男とメールをするな、俺以外の男に優しくするな、俺以外の男の前で笑うな」

「それはさすがに無理だろ」

「ならせめて唇をとがらせるな。上目遣いで見るな。前髪をもっと伸ばして目をかくせ」

「うんうん、そうだなあ、うん、あ、良太郎？」

朝のワイドショー画面に花沢が映り、入江のやきもちは中断された。

来年開催される国際マラソン大会を復帰戦にするというニュースで、花沢の練習風景が映り、おおっとふたりでテレビに見入った。

花沢の復活劇は「あたし、やったわ〜！」のオネエ宣言と一緒に、駅伝大会翌朝のスポーツ新聞、ワイドショー、スポーツニュースで取り上げられ、花沢は失踪の謝罪と競技に復帰する意向の記者会見を開いた。当然上がるオネエ疑惑への質問にも、花沢は逃げることなく真摯《しんし》に真実を答え、陸上界のプリンスの衝撃のカミングアウトはすごい騒動になった。

週刊誌やネットサイトなどの下世話な記事もあったが、ほとんどのマスコミは好意的だったし、会見でのアスリートらしいさわやかな態度が功を奏し、世間の好感度は失踪以前よりも上がった。今年の流行語大賞に「あたし、やったわ〜！」が選ばれそうな勢いだ。

そして蜂谷たちが一番心配していた、花沢の親へのカミングアウトもスムーズに進んだようだった。知らぬは息子ばかりなり、親は昔から薄々勘づいていて、「まあねえ……」「おまえが幸せなら……」と息子を責めるようなことは言わなかった。花沢は花沢で安堵と親への申し訳なさが募り、「ごめんね、これからたくさん親孝行します」と頭を下げ、「いや、おまえが生まれてくれただけでもう親孝行だから」という感動的な会話が続いたらしい。

——あんたたちも、多分、ばれてるからカムアしてみれば？

と花沢に言われたが、いや、それはまだもう少し先でいいと答えた。

——そうね。せっかく新婚なんだから、今はラブラブに浸りたいわよね。

とからかわれ、蜂谷は盛大に照れることになった。

大会のあと、無事に入江との交際スタートを花沢に報告したとき、やっぱりねと言われて驚いた。花沢はずいぶん前から蜂谷と入江は両想いだと気づいていたが、万が一ちがっていたら大変なので、核心を突くようなことは言えなかったのだという。

——もうずっと何年もやきもきしてたのよ。

——ごめん。ありがとう。

——ううん、うまくいってよかった。でも、やっとなんだから一緒に住めばいいのに。

その提案には、うーんと返事を濁した。

気持ち的には一緒に暮らしたいし、そういう話も実際に出た。けれどやはり、そう簡単にはいかないのだ。入江は絶賛引きこもりな弟と母親をふたりきりにさせられないし、蜂谷も地元では顔を知られているので、なかなか男との同棲には踏み切れない。

——ひとまず平安式に通い婚でいいだろう。

入江が言い、蜂谷もそうだなあとうなずいた。

——あ、でも平安式って男が女んちに通うんだろう。俺を女扱いするのはやめろよな。

あのとき妙な間が空いた。

——おまえは、もう少し俺の真意を測れ。

入江はやれやれと首を振っていた。そのときは意味がわからなかったが、あとでふと思い返し、『通い婚』ってもしやプロポーズだったのかと思い当たり、会社だったのにじわっと顔が熱くなった。入江め。なにが真意を測れだ。その前に、もっとわかりやすく言え。

——でも、今度そういうのがあったらちゃんと答えよう。

頬を染めつつ、入江にあきれつつ、しっかりとそう決めた。

「ごちそうさん」

朝食を食べ終えると入江はキッチンへ、蜂谷はクロゼットのある寝室へと別れる。朝食を作るのは蜂谷で、その間に入江が出勤の支度をする。後片づけと皿洗いは入江で、その間に蜂谷が出勤の支度をする。

十五分後、お互いスーツ姿で玄関に向かう。

入江の手には生ごみの袋がある。

ドアを開ける前に、生ごみ片手に玄関でキスをかわす。

小さく笑うと、なんだと言いたげな目をされた。

「生ごみ片手にキスって。つきあってまだ一ヶ月なのにこなれてんなあと思って」

「俺たちらしいだろう。友人期間を含めたら八年だぞ」

「まあそうだけど」

「不満なら、もう一回やり直そう」

入江は生ごみを床に置き、ふたたび顔を寄せてきた。さっきよりも長くて熱いキスを交わしていると、ドア一枚隔てて隣家のドアが開く音が聞こえた。隣人が出勤していく足音を聞きながら唇を合わせるのは、やっぱりできたてカップルらしく胸が高鳴った。

マンションを出ると、低い位置から差し込む朝の光に目を射られた。いい天気だ。入江がゴミ袋をゴミ捨て場に置き、ふたりで駅へ向かう。

「じゃあ試食会がんばれよ」

「うん、おまえも出張気をつけて」

なんでもない言葉を交わし、駅の改札で手を振り合った。

# あとがき

こんにちは、凪良《なぎら》ゆうです。このたびは「初恋の嵐」を手に取ってくださり、ありがとうございます。今作は非常に楽しんで書きました。それぞれのキャラクターが自由にどんどん動いてくれて、わたしはそれを必死で追いかけるという理想的な執筆時間でした。

個人的に攻め萌えなので、入江《いりえ》を書いているときは猛烈にうきうきしました。恋をしている自覚がないまま、オレ様目線&亭主関白炸裂で、ああだこうだと考えているところ、「それはもう恋だよー、早く気づけー」とツッコみながら書いてました。

そういえば攻め萌えがすぎて、時間を無駄にしたこともたびたび。入江視点での蜂谷《はちや》の彼氏初登場シーン、入江の脳内でジャアアンッと中国の銅鑼《どら》が～という描写があるのですが、あそこは中国の銅鑼とベートーベンの『運命』のどちらにするか、すごく悩みました。そのあとの入江と花沢《はなざわ》のやり取りを読んでいると『運命』の第一楽章がぴったりなんですが、ジャジャジャジャジャーンという有名な冒頭のあとに続くメロディを字で伝えるのは難しいと断念し、わかりやすい中国の銅鑼にしました。その答えにいきつくまでに一時間ほどかかり、

「もっと他に悩むところがあるだろう。どんだけ攻め視点に時間かけるんだ」

と、最後は入江ではなく自分にツッコむというオチになりました。なので、あの場面は『運

命』第一楽章をＢＧＭに読んでくださると、わたしのあの一時間がくだらないものにならずにすむのでありがたいです。

挿絵を描いてくださった木下《きのした》けい子《こ》先生にもお礼を申し上げます。今作はまずは自分がすごく楽しんで書いたせいもあり、しっかりと各人物のイメージが脳内でできあがっていたのですが、最初からぴたりとはまるキャララフを出していただいて驚きました。メインの蜂谷と入江はもちろん、花沢と松田《まつだ》まで、これほどしっくりくるのは本当に珍しい……。おかげで、エンドマークを置いた話のその先までがふくらみました。木下先生、ありがとうございました。

そして読者のみなさまへ。あとがきまで読んでくださってありがとうございます。今年は後半に刊行が続きましたが、一作ずつ雰囲気を変えているので、それぞれ楽しんでいただければ嬉しいです。初恋をこじらせまくって、どうしようもないことになっている男子たちのお話、蜂谷と入江の焦れ焦れを堪能してくださいませ！

それでは、また次回お目にかかれますように。

二〇一五年　一〇月　凪良ゆう

この本を読んでのご意見、ご感想を編集部までお寄せください。

《あて先》〒141－8202 東京都品川区上大崎3－1－1 徳間書店 キャラ編集部気付
「初恋の嵐」係

【読者アンケートフォーム】

QRコードより作品の感想・アンケートをお送り頂けます。

Chara公式サイト http://www.chara-info.net/

■初出一覧



Chara

# 初恋の嵐

【キャラ文庫】


2015年11月30日 初刷
2023年11月20日 3刷

著者 凪良ゆう
発行者 松下俊也
発行所 株式会社徳間書店
〒141-8202 東京都品川区上大崎3-1-1
電話 049-293-5521(販売部)
03-5403-4348(編集部)
振替 00140-0-44392

印刷・製本 株式会社広済堂ネクスト
カバー・口絵
デザイン 百足屋ユウコ+カナイアヤコ(ムシカゴグラフィクス)





ISBN978-4-19-900821-4

# 凪良ゆうの本

好評発売中

「ここで待ってる」

イラスト✦草間さかえ

おまえの体、キスするのに丁度いい――。初対面のゲイバーで大胆に誘ってきた小悪魔美人の飴屋《あめや》。空手道場の師範代で、恋愛ではいつもお兄ちゃん止まりだった成田《なりた》が、一目で本気の恋に堕ちてしまった…!? ところが数日後、道場で再会した飴屋は、七歳の息子を持つ良きお父さん!! 一夜の情事などなかったように、隙を見せようとしない。どちらが本当の顔なのか…？ 成田は不埒な劣情を煽られて!?

# 凪良ゆうの本

好評発売中

## [美しい彼]

イラスト✦葛西リカコ

「キモがられても、ウザがられても、死ぬほど君が好きだ」無口で友達もいない、クラス最底辺の高校生・平良《ひら》。そんな彼が一目で恋に堕ちたのは、人気者の清居《きよい》だ。誰ともつるまず平等に冷酷で、クラスの頂点に君臨する王《キング》――。自分の気配に気づいてくれればいいと、昼食の調達に使いっ走りと清居に忠誠を尽くす平良だけど!? 絶対君主への信仰が、欲望に堕ちる時――スクールカースト LOVE!!

# 凪良ゆうの本

好評発売中

## [おやすみなさい、また明日]

イラスト✦小山田あみ

「俺はもう誰とも恋愛はしない」。仄《ほの》かに恋情を抱いた男から、衝撃の告白をされた小説家のつぐみ。十年来の恋人に振られ傷ついたつぐみを下宿に置いてくれた朔《さく》太郎《たろう》は、つぐみの作品を大好きだという一番の理解者。なのにどうして…？　戸惑うつぐみだが、そこには朔太郎が抱える大きな闇があって!?　今日の大切な想い出も、明日覚えているとは限らない…記憶障害の青年と臆病な作家の純愛!!

# 凪良ゆうの本

好評発売中

## 【天涯行き】

イラスト✦高久尚子

名前しか知らない相手と、夜ごと激しく抱き合って眠る——。旅の青年・高知《たかち》をなりゆきで家に住まわせることになった遠召《とおめ》。戻らない恋人を待ち続ける遠召と、人懐こい笑顔と裏腹に、なぜか素性を語らない高知。互いの秘密には触れない、共犯めいた奇妙な共同生活。この平穏で心地良い日々はいつまで続くんだろう…?けれどある日、高知が殺人未遂事件の容疑者として追われていると知って!?

# 凪良ゆうの本

好評発売中

［求愛前夜］

恋愛前夜2

イラスト✦穂波ゆきね

女子より女子な中高生の恋のカリスマ。けれど賞とは無縁の大人気少女漫画家・小嶺《こみね》ヤコ——。そんな貞行《さだゆき》の前に現れたのは新担当の貢藤《くどう》。眼光鋭いヤクザ顔で、貞行の密かな憧れのサブカル誌出身。ラブリーな少女漫画を理解できるはずもない!?　けれど貢藤は、貞行の作品を熟知するばかりか、意外にもウブな恋愛初心者だった!!　恋より仕事優先の貞行も、貢藤のギャップに好奇心を煽られて!?